Über das Buch

Dieses Buch erzählt die Geschichte einer ungewöhnlichen Verführung. Ein Mann wird in seinem Arbeitszimmer von einer Frau angerufen, die er nie gesehen hat. Zuerst ist sie nur eine Stimme für ihn, auf die er neugierig reagiert. Doch allmählich gerät er in einen fast hypnotischen Bann. Das Telefonieren mit dieser »Stimme« wird zur Sucht, schließlich zum Kampf, in dem zwei Welten einander gegenüberstehen: die bürgerliche Existenz des Mannes und das verborgene Leben der Frau, die das ganz andere repräsentiert – zugleich Wunschtraum und Gefahr, Utopie und fixe Idee.
Die Geschichte dieser Begegnung ist vor allem ein Buch über die Macht der Phantasie. In ihm zeigt sich der alte Mythos vom unwiderstehlichen Gesang der Sirenen als eine lebendige seelische Wahrheit.

Der Autor

Dieter Wellershoff, 1925 bis 2018, schrieb Romane, Essays, Filmdrehbücher und Hörspiele. 1988 erhielt er den Heinrich-Böll-Preis.

Weitere Titel bei k & w

Gottfried Benn – Phänotyp dieser Stunde, 1959. Einladung an alle, Roman, 1972. *Der Gleichgültige,* Versuche über Hemingway, Camus, Benn und Beckett, 1975. *Die Schönheit des Schimpansen,* Roman, 1977. *Das Verschwinden im Bild,* Literaturtheoretische Aufsätze, 1980. *Der Sieger nimmt alles,* Roman, 1983. *Die Arbeit des Lebens,* Autobiographische Texte, 1985. *Die Körper und die Träume,* Erzählungen, 1986. *Wahrnehmung und Phantasie,* Essays zur Literatur. KiWi 123, 1987. *Der Roman und die Erfahrbarkeit der Welt,* 1988. *Pan und die Engel,* Ansichten von Köln, 1990. *Blick auf einen fernen Berg, 1991. Das geordnete Chaos,* Essays zur Literatur, 1992. *Zikadengeschrei, 1995. Der Ernstfall, 1997. Der Liebeswunsch, 2000. Der verstörte Eros. Zur Literatur des Begehrens, 2001. Das normale Leben.* Erzählungen, 2005. *Der lange Weg zum Anfang, 2007. Zwischenreich, Gedichte, 2008. Der Himmel ist kein Ort, 2009. Werke. Köln, 2011. Was die Bilder erzählen. Ein Rundgang durch mein imaginäres Museum, 2013. Im Dickicht des Lebens.* Ausgewählte Erzählungen, 2015.

Dieter Wellershoff

Die Sirene

Eine Novelle

Kiepenheuer & Witsch

Verlag Kiepenheuer & Witsch, FSC® N001512

5. Auflage 2018

© 1992 by Verlag Kiepenheuer & Witsch, Köln
Alle Rechte vorbehalten. Kein Teil des Werkes darf in
irgendeiner Form (durch Fotografie, Mikrofilm oder ein
anderes Verfahren) ohne schriftliche Genehmigung
des Verlages reproduziert oder unter Verwendung elektronischer
Systeme verarbeitet, vervielfältigt oder verbreitet werden.
Umschlag: Manfred Schulz, Köln
Umschlagmotiv: Edvard Munch, Madonna (1895–1902), © bpk/Scala
Druck und Bindearbeiten: CPI books GmbH, Leck
ISBN 978-3-462-02202-5

Inhalt

1. Das Rufen   11
2. Die Entrückung   47
3. Der Kampf   94

Die Sirenen lebten auf einer Insel vor der italienischen Küste. Wenn sich Schiffe näherten, sangen sie so betörend, daß die Seeleute ihre Heimat vergaßen und willenlos auf der Sirenen-Insel verkamen, die von gebleichten Knochen weiß wurde ... Nach spätklassischen Äußerungen mußten die Sirenen sterben, wenn jemand heil an ihrer Insel vorbeikam.
Lexikon der antiken Mythologie

Welcher Art war der Gesang der Sirenen? Worin bestand sein Mangel? Warum verlieh dieser Mangel ihm solche Macht? Die einen haben von jeher geantwortet: Es war ein nichtmenschlicher Gesang, ein natürliches Geräusch (gibt es denn andere?), aber am Rande des Natürlichen, dem Menschen in jeder Hinsicht fremd, sehr leise, geeignet, ihm jene Lust zu bescheren, die im Fallen besteht und die er im gewöhnlichen Leben nicht befriedigen kann.
Maurice Blanchot, Der Gesang der Sirenen

I. Das Rufen

Der Anruf kam vormittags, als Elsheimer in seinem Arbeitszimmer saß und gedankenlos mit seinem Kugelschreiber verschlungene, unregelmäßige Ornamente auf seinen Schreibblock zeichnete. Er war lustlos seit Tagen, fühlte sich auf seinem Stuhl auch körperlich verschwommen und träge, sein Leben war in den Bewegungen seiner Hand, die den schwarzen Kugelschreiber über das weiße Blatt führte, das allmählich von dem Gewirr der Linien bedeckt wurde. Es waren Ranken, die er zeichnete, Girlanden in ungleichen Bögen, auch Stengel oder Kolben. Manche Formen, die an dicke Blüten oder Fruchtknoten erinnerten, füllte er mit dichten Schraffuren aus. Und je schwärzer das Blatt wurde, je mehr es überwuchert wurde von den sich gegenseitig erstickenden und zerstörenden Ornamenten, um so stärker wurde sein Widerwillen gegen sich selbst. Ich muß arbeiten, dachte er, sah aber weiter dem nervösen Eifer seiner Hand zu, die über die Umrisse der Ornamente hinwegstrichelte, dann die Umrisse ausbeulte und verdickte und mit einem schmierigen Schwarz füllte.
Er war dankbar, als das Telefon klingelte. Doch zugleich aufgeschreckt, als sei er bei einer verbotenen Tätigkeit erwischt worden. Gewöhnlich war das Telefon umgeschaltet nach vorne in die Diele, die an die Wohnräume grenzte, so daß Elsheimer in seinem Arbeitszimmer, wo der zweite Apparat stand, nicht gestört werden konnte. Seine Frau notierte die Anrufe für ihn, und manchmal kam sie auch und fragte,

ob er den Anrufer sprechen wolle oder ob sie sagen solle, er sei nicht zu Hause. Aber diesmal war sie wohl fortgegangen und hatte das Telefon in sein Arbeitszimmer umgestellt.
Eine Frauenstimme sprach aus dem Hörer, sehr leise. Sie fragte nach seinem Namen, obwohl er sich damit gemeldet hatte.
»Sind Sie Professor Elsheimer?«
»Ja«, sagte er.
Es folgte eine lange Pause, und er hörte einen seufzenden Atemzug.
»Verzeihung«, sagte sie.
Elsheimer hatte ein unbestimmtes prickelndes Gefühl von Gefahr, als sei er unversehens in einen dunklen Raum geraten, in dem ganz in seiner Nähe jemand auf ihn wartete, den er noch nicht sehen konnte.
Wieder kam das schmerzliche Seufzen und danach die sanfte, leise Stimme.
»Ich kann so schlecht sprechen. Verzeihen Sie.«
»Das macht nichts«, sagte er, »ich verstehe Sie gut.«
Er fühlte sich begierig, sich dem Geheimnis zu nähern, das sich da so unerwartet für ihn aufgetan hatte, wußte aber, daß er behutsam sein mußte, um die Stimme nicht zu verscheuchen.
»Bitte«, sagte er, »Sie können ruhig mit mir sprechen.«
Wieder erfolgte nichts, nur Stille, ein Lauern und Lauschen, das er sich nicht deuten konnte, aber ihn jetzt schon, da er sich darauf einließ, in eine unüberschaubare Intimität verstrickte. Jetzt spätestens hätte er ungeduldig werden müssen. Er war schließlich beschäftigt, ein Mann mit einer schwierigen, anspruchsvollen Arbeit, der sich konzentrieren mußte, er mußte dieser Frau deutlich machen, daß er keine Zeit hatte. Statt dessen hörte er sich mit einer einladenden, weicher und dunkler gewordenen Stimme sagen: »Nun, was ist?«

»Ich bin verrückt«, sagte sie, »Sie werden mich für verrückt halten. Daß ich ausgerechnet Sie anrufe. Sie kennen mich ja nicht.«
Diesmal sagte er nichts, wartete. Vor ihm lag das Blatt mit seinen schmierigen Kritzeleien. Er riß es vom Block, knüllte es zusammen und ließ es ohne hinzusehen neben sich in den Papierkorb fallen. Zuversichtlich dachte er, daß er gleich arbeiten würde, und lehnte sich zurück, um der Stimme zu lauschen.

Es war mühsam, ihr zuzuhören. Sie sprach leise und stokkend, mit Pausen, die den Sinn ihrer Sätze zerrissen, als würde sie momentweise festgehalten von einem inneren Widerstand, der den Zustrom der Worte unterbrach und nur einen leisen Laut durchließ, wie ein unterdrücktes Schluchzen. Sie rief aus Hamburg an. Sie wohnte dort allein, sie hatte seit längerer Zeit ihre Wohnung nicht mehr verlassen, sie konnte – wie sie sagte – nicht mehr leben.
»Und weshalb?« hatte er gefragt. »Und wie kommen Sie auf mich?«
Ihre Antwort verblüffte ihn.
»Weil ich weiß, Sie verstehen mich.«
Das war unbeirrbar. Er fühlte sich davon angegriffen. Es war die sanfte, unbeirrbare Behauptung, daß zwischen ihnen eine besondere Beziehung bestand, die er zwar leugnen und bestreiten, der er aber nicht entkommen konnte, weil auf der anderen Seite, unsichtbar für ihn, aber doch nahegerückt, jemand mit einer ruhigen Gewißheit an ihn dachte und bereit war, sich über alle Bedenken und Konventionen hinwegzusetzen, um mit ihm zu sprechen.
»Aber wieso?« sagte er. »Sie kennen mich doch nicht.«
Doch, sie kannte ihn. Sie hatte ihn gestern abend im Fernsehen gesehen. Sie hatte sein Gesicht, seine Stimme, seine Bewegungen beobachtet und den Eindruck gewonnen, daß

da etwas sei, das ihn mit ihr verband, eine Verwandtschaft, eine ähnliche Erfahrung. Aber er wisse viel mehr als sie. Sie sei unwissend und ungebildet, und deshalb habe sie auch Hemmungen, mit ihm zu sprechen.
»Was glauben Sie, was ich Ihnen sagen kann?« fragte Elsheimer.
Sein Ton war ein wenig schroff gewesen, und offenbar hatte sie das verstummen lassen. Er wartete, lauschte. Nichts war zu hören. Aber er fühlte sich betrachtet von zwei Augen, die in einem dunklen Raum hingen. Ich kenne Sie, wir sind uns ähnlich, ich kenne Sie.
»Sind Sie noch da?« fragte er.
»Ja«, kam die Antwort, leise mit einem Ton von Mutlosigkeit, aber auch so, als wären sie ganz nahe beieinander. Wieder hörte er den Laut, der wie ein Schluchzen klang, das mit einem raschen Atemzug in den Hals zurückgezogen wurde.
»Was ist denn?« hörte er sich sagen.
»Glauben Sie...« sagte sie, »glauben Sie, daß man sich trennen kann? Trennen und vergessen? Kann man das?«

Die Geschichte, die sie ihm erzählte, kam ihm banal und konfus vor. Sie hatte ihren Geliebten verloren, einen älteren, verheirateten Mann, der jetzt krank war. Er hatte einen Herzinfarkt erlitten und sich in seine Ehe zurückgezogen. Als sie es nicht mehr aushalten konnte, so plötzlich und vollständig von ihm getrennt zu sein, hatte sie bei ihm zu Hause angerufen. Aber er hatte sich geweigert, mit ihr zu sprechen, hatte statt dessen seine Frau vorgeschickt, eine kalte, herrschsüchtige Person, die ihr gesagt hatte, sie sei schuld an seiner Krankheit und beinahe sei er gestorben. Seit Wochen wartete sie nun auf einen Anruf von ihm, hoffte Tag für Tag auf ein Zeichen der Versöhnung. Sie hatte sogar ihre Arbeit aufgegeben und lebte nur noch neben dem Telefon. Aber es meldeten sich immer nur andere Stimmen, nie die eine, ein-

zige, von der ihr Leben abhing und die allein sie aus ihren Grübeleien und Schuldgefühlen befreien konnte. Und nun war sie krank geworden, konnte nicht mehr zur Arbeit gehen, nicht mehr richtig sprechen. Alle ihre Bekannten hatten sich von ihr zurückgezogen. Sie war ihnen auf die Nerven gegangen, wie sie jetzt ihm auf die Nerven ging. Sie war unerträglich geworden, aber sie mußte einfach nach allem greifen, sie brauchte irgendeinen Halt.
All das brachte sie ungeordnet heraus, wie jemand, dem mal dies, mal jenes wichtig erscheint und der nicht daran denken kann, daß sein Zuhörer keine Übersicht über die Geschichte hat. Und immer wieder entstanden unerwartete Pausen. Ihre Stimme wurde leise und brach ab, als versage sie oder als hake der Gedanke in ihrem Kopf fest und alles verdunkele sich ihr, so daß sie mühsam suchen mußte, wo sie war.
»Darf ich weiterreden?« fragte sie einmal.
»Ja, natürlich«, sagte er.
»Warum kann ich so einfach mit Ihnen sprechen?« wollte sie wissen.
Sie sagte das in einem aufgebrachten Ton, als hätte sie gesagt: Wer sind Sie, und was fällt Ihnen ein, so anders zu sein als die anderen?!
»Sie brauchen jemand, der Ihnen zuhört«, hatte er geantwortet, und sie hatte das bestätigt, indem sie sich heftig bei ihm bedankte.
Dennoch fühlte Elsheimer sich enttäuscht. Das alles hatte nichts mit ihm zu tun. Er war nur ein Beichtvater, ein Berater für sie, und irgendwie schob ihn das zurück, und er fühlte sich seltsam wesenlos und durch dieses andere Leben von sich selbst abgebracht.
Es war allerdings besser so. Diese Frau konnte lästig werden. Wahrscheinlich hatte sie dadurch auch den anderen Mann verjagt.

Um Schluß zu machen, fiel er in einen Tonfall verständnisvoller Vernünftigkeit und sagte, sie brauche sich nicht schuldig zu fühlen, sie sei nur für sich verantwortlich, sie solle aufhören mit dem Grübeln und der Selbstbestrafung und möglichst bald in ihr normales Leben zurückkehren.
Ganz gegen seine Absicht hatte er sie dann noch nach ihrer Adresse gefragt.

Was er sich dabei gedacht hatte, wußte er nicht. Er war aufgestanden und mußte in einem Augenblick völliger Gedankenleere zum Fenster gegangen sein. Dort fand er sich vor, wie er in den Hof blickte. Es schneite, zum ersten Mal in diesem Jahr. Kleine dünne Flocken fielen durch das kahle Geäst der Pappeln, die vor dem Fenster standen. Sie trudelten aus der grauen Luft auf die Scheibe zu, an der sie zergingen, und fielen, in der Tiefe immer dichter werdend, an der Brandmauer eines Nachbarhauses vorbei, auf dessen Steinvorsprüngen zwei aufgeplusterte Tauben saßen. Elsheimer blickte hinaus in den weiten Innenhof des Häuserblocks und wartete, ob der Schnee in den kleinen, durch Mauern abgeteilten Gartenparzellen, auf dem Teerpappendach der Garage, in den Astgabeln der Bäume und auf den Dächern der Häuser liegenblieb. Aber es war wohl noch nicht kalt genug. Der Schneefall wurde nur ein wenig dichter. Wenn man hochblickte, schienen die Flocken wie ein graues Flirren aus der Luft hervorzugehen, und erst wenn sie näherkamen und im Herabsinken zwischen den Ästen der Bäume und vor den Fassaden der Häuser erschienen, wurden sie weiß und sanken so, langsam und gleichmäßig, wie an unsichtbaren Fäden zur Erde, wo das ganze Luftgespinst wie eine Einbildung verschwand.
Scheinschnee, dachte Elsheimer. Das Wort überraschte ihn. Das war Scheinschnee dort draußen. Gleich würde der Schneefall aufhören, und nichts hätte sich verändert. Es war

wie mit dieser Stimme, sie hatte auch nichts hinterlassen. Ihre Adresse hatte sie ihm gegeben, zögernd, wie ihm schien, und er hatte ihr erklären müssen, er sei ein schwerfälliger Mensch, dem nicht immer gleich das Richtige einfiele. Vielleicht sei es sinnvoll, wenn er ihr noch einmal schriebe. Nun, er würde ihr nicht schreiben. Der Schnee fiel pausenlos und dicht, und der Boden blieb schwarz. Aber der Winter würde bald beginnen, und Elsheimer hoffte, daß er viel Schnee bringen würde. Er hatte sich für das Wintersemester beurlauben lassen, um endlich sein lange geplantes Buch zu schreiben, und während er nach draußen sah, glaubte er, daß der Schnee ihm dabei helfen würde. Alles sollte draußen weiß sein, weiß und still, eine tiefe, unbegangene Schneedecke sollte das Haus umgeben. Er würde es dann besser in seinem Zimmer aushalten. Er würde keine Angst mehr vor den weißen Blättern haben, die auf seinem Tisch lagen. Er würde die Ruhe finden, die ihm seit langem fehlte.
Als seine Frau vom Friseur zurückkam, stand Elsheimer immer noch am Fenster. Sie sagte ihm, daß sie das Telefon wieder nach vorne umstelle.
»War was Wichtiges?« fragte sie.
»Nein«, sagte er.

Er schrieb dann doch einen Brief, kaum daß seine Frau gegangen war. Er hatte es tun müssen, obwohl er wußte, es war falsch. Er schrieb dieselben Phrasen, die er am Telefon gesagt hatte. Dabei dachte er: Was war es? Was hat sie veranlaßt, mich anzurufen? Ich war nicht gut bei diesem Fernsehvortrag, ich war unausgeschlafen und ein wenig niedergeschlagen, ich wirkte irritierbar.
Das war es, was sie gesehen hatte.
»Sie... Sie müssen mich verstehen!«
Er schrieb einen glatten Brief. Eine gewandte Menschlich-

keit drückte sich da aus. Er lieh seinen Worten eine Wärme, die er nicht fühlte.
In der Nacht wurde er wach und konnte nicht wieder einschlafen. Er stand leise auf, um seine Frau nicht zu wecken, zog den Bademantel an und ging durch die dunkle Wohnung. Die beiden Töchter schliefen in ihren Zimmern, und obwohl die Türen zu waren, bildete er sich ein, er könne die Atemzüge der Mädchen hören, ein warmes, weiches Auf und Ab.
War eine Einbildung, die man durchschaute und an der man festhielt, eine Fiktion oder etwas anderes? Wie sollte er es nennen? Er spielte immer mit Begriffen in seinem Kopf. Vor allem jetzt, da er dieses Buch schreiben wollte über Selbsterkenntnis oder über die Entstehung des Ichs – er wußte noch nicht genau, wie er das Thema begrenzen sollte. Das alles mußte sich noch klären in diesem Freisemester, das er sich genommen hatte. Er hatte lange nichts mehr veröffentlicht, außer einigen Vorworten und Rezensionen. Und obwohl seine Prominenz eigentlich unangefochten war – er war schließlich Akademiemitglied und Vizepräsident der Pädagogischen Gesellschaft –, spürte er dringend eine Beweispflicht. Er mußte etwas schreiben, das seinen Ruf festigte. Man erwartete es von ihm nicht unbedingt, aber er schuldete es sich selbst.
Ja, er würde es schaffen, er würde es schaffen.
Sich selbst etwas einzuflüstern, war ein Weg zum Erfolg. Er ging in die Küche, nahm eine Tüte Milch aus dem Kühlschrank und goß sich ein volles Glas ein. Milch beruhigte, wenn man sie in kleinen Schlucken trank. Er ging ins Wohnzimmer und setzte sich in seinen Lieblingssessel mit dem Rücken zum Fenster. Durch die halbzugezogenen Gardinen fiel das Licht der Straßenlaternen herein und zeichnete ein blasses Muster auf die Lehne der Polsterbank. Im Nebenraum blinkten die Glasscheiben des englischen Vitrinen-

schrankes, und undeutlich konnte man dahinter den Umriß einer Porzellanfigur erkennen. Es war die Colombine, nein, die Schöne Gärtnerin. Er saß gerne im Dunkeln in diesem vertrauten Zimmer und ließ einfach ein Stück Nacht vergehen. Allmählich aber wurde ihm kalt von den Beinen her, denn die Heizung war heruntergestellt. Das machte seine Frau vor dem Schlafengehen. Alles ist in Ordnung, dachte er, alles ist an seinem Platz.
Als er aufstand, um das Glas in die Küche zu bringen, sah er draußen im Lichtschein der Laternen wieder den Schnee fallen. Die Flocken kamen aus der unruhigen Schwärze zwischen den Dächern, fielen durch die Baumkronen, leuchteten grell auf und segelten weg in die dunklere Luft. Die Straße begann weiß zu werden, auch die geparkten Autos hatten schon einen weißen Überzug. Die Fassaden der anderen Straßenseite waren alle dunkel und schienen durch den fallenden Schnee ferner gerückt.
Schöner stiller Schneefall – von niemandem gesehen außer von ihm.
Warum, dachte er, kann ich die Frau nicht anrufen, dort in ihrem kleinen Zimmer? Vielleicht ist sie genauso wach wie ich. Aber er hätte ihr ja nichts zu sagen gehabt.

In den nächsten Tagen wurde es wärmer, und der Schnee verschwand. Elsheimer kämpfte um den Anfang seiner Arbeit. Er vervollständigte sein Thesenpapier und schrieb probeweise eine Einleitung für das erste Kapitel. Während er schrieb, war er zufrieden mit sich. Aber als er die Seiten aus der Maschine zog und wieder durchlas, merkte er, daß dies alles schon bekannt war. Die Worte, die Begriffe, die er verwandt hatte, hatten sich wie von selbst zu bekannten Zusammenhängen zusammengefügt.
Er brach ab und ging spazieren, um einen neuen Ansatz zu finden. In einem Schreibwarengeschäft kaufte er neues farbi-

ges Konzeptpapier und verschiedene Schreibstifte ein. In einem Stehausschank trank er eine Tasse Kaffee. Was brauchte er noch, was konnte er noch besorgen? Vielleicht Duschseife und Rasierwasser im Drogeriemarkt nebenan. Er ging zwischen den Regalen durch und legte auch noch Shampoo und einen Kamm in seinen Einkaufswagen. Unschlüssig wanderte er weiter durch die Straßen zwischen eiligen Menschen, die zu ihren Bussen oder Bahnen hasteten oder vor Geschäftsschluß noch schnell ein paar Besorgungen machten. Er fühlte sich zu diesem Getriebe nicht zugehörig, weil alles an ihm vorbeilief und kein einziger Blick ihn streifte. Er hatte sein Problem nicht gelöst, und das umgab ihn anscheinend mit einer unsichtbaren Hülle, die ihn von den anderen abschloß. Immer wieder spürte er die Neigung stehenzubleiben und in ein Schaufenster zu starren. Aber wenn er in der Scheibe seine Spiegelung entdeckte, eine große, hagere, etwas vorgebeugte Gestalt, die ihn zu erkennen schien, wandte er sich ab, um sich in sich selbst zurückzuziehen. Schließlich fand er sich vor einem Fischgeschäft, wo sich in einem Bassin die weichen, flappenden Mäuler der Karpfen hinter dem Glas drängten. Ein Strom von Luftperlen stieg zwischen den Fischen hoch. Die Blasen platzten unter dem Wasserspiegel oder trieben darunter entlang wie an einer glatten Wand. Elsheimer sah eine Zeitlang zu, dann ging er hinein und kaufte ein Stück Räucheraal zum Abendessen.

»Das Institut hat angerufen«, sagte seine Frau. »Und ja, noch eine komische Person, eine Frau, die ein wenig verstört klang. Sie hat ihren Namen nicht genannt.«
Er wußte sofort, daß sie es war, stellte das Telefon um und ging nach hinten in sein Zimmer. Er wartete. Nichts geschah. Aber er mochte nichts anderes tun als warten. Vielleicht würde er so auf Gedanken kommen, redete er sich ein. Schließlich erschien seine jüngere Tochter und holte ihn zum

Abendessen. Er saß zerstreut am Tisch, aß ein Stück von dem Aal, trank Bier dazu, die Unterhaltung lief an ihm vorbei. Sofort als sie fertig waren, ging er in sein Zimmer zurück.
Das Klingeln des Telefons erschreckte ihn, er zögerte einen Augenblick, bevor er zum Hörer griff.
»Ja?« sagte er ein wenig atemlos.
Die Sprechstörung, das Stocken kündigte sie an. Oder war es ein Lauern, ein Warten?
»Sind Sie allein?« fragte sie leise. »Darf ich sprechen?«
»Ja«, sagte er wieder, verwirrt von diesem verschwörerischen Anfang.
»Sie sind verheiratet«, sagte sie. »Das vorhin war Ihre Frau.«
»Ja«, sagte er beschämt, daß ihm nichts anderes einfiel als diese einfältigen Bestätigungen. Zugleich lauschte er, ob niemand kam, und beugte sich ein wenig vor.
»Ich habe Ihren Brief bekommen«, sagte die Stimme. »O danke, danke! Ich habe ihn schon viele Male gelesen. Ich habe ihn immer in meiner Nähe. Sie sind ein wunderbarer Mensch.«
»Geht es Ihnen besser?« fragte er.
»Nein«, sagte sie, »ich kann nicht schlafen, und alles dreht sich mir im Kreise. Hören Sie es nicht an meiner Stimme? Ich kann wieder kaum sprechen.«
»O doch, es geht gut«, sagte er. »Ich höre Ihre Stimme gerne.«
»Ja?«
Sie schien es nicht glauben zu können und begierig nach weiterem Zuspruch zu sein.
»Ja«, sagte er, »wirklich.«
»Ich höre Sie auch gerne. Sie haben eine so warme Stimme.«
Darauf wußte er nichts zu antworten. Er war so wenig gefaßt auf dieses Gespräch, daß er sich ganz hilflos fühlte. Schließlich fand er Zuflucht bei einer Phrase.

»Sie dürfen nicht verzweifeln«, sagte er.
Es kam keine Antwort. Er hörte ein krampfartiges Einziehen der Luft. Dann sagte sie: »Sie wissen nicht, wieviel Sie mir gegeben haben.«
Wieder konnte er nicht antworten. Die Nähe ihrer Stimme, ihr sanfter Tonfall mit der leisen Beimischung von Schmerz und ziellosem, ungestilltem Verlangen betäubten ihn.
»Ich werde Sie jetzt nicht mehr anrufen«, sagte sie, »ich verspreche es.«
»Warum?« fragte er.
»Sie sind verheiratet. Sie haben Ihre Arbeit. Haben Sie auch Kinder?«
»Zwei Töchter.«
»Wie schön«, sagte sie. »Ich habe meinen Vater nicht gekannt.«
»Es hat mir gut getan, mit Ihnen zu sprechen«, sagte Elsheimer plötzlich, ohne daß er es beabsichtigt hatte.
Es entstand eine lange Pause, wie ein Erschrecken. Er hatte die Vorstellung, daß sie den Kopf senkte, daß er ihren Scheitel sah. Aber daraus wurde keine vollständige menschliche Gestalt, sondern die Einbildung einer undurchdringlichen Dunkelheit, in der sie verborgen war. Von dort kam ihre Stimme, leise und eindringlich, die ihm etwas einprägte, was sie gerade, gegen ihr eigenes Zögern, beschlossen hatte:
»Sie können mich jederzeit anrufen. Immer wenn Sie mit mir sprechen möchten. Auch mitten in der Nacht.«
Danach hatte sie aufgelegt.
Ein Gefühl der Leere überkam Elsheimer, während er das Telefon anstarrte, das inmitten halb beschriebener Blätter mit seltsam zusammengeringelter, in sich verknäuelter Schnur auf seinem Schreibtisch stand. Die durchsichtige Schreibunterlage glänzte im Licht seiner Arbeitslampe, und überall sah er darauf Spuren von angetrocknetem, farblo-

sem Klebstoff, die aussahen wie die glasigen mikroskopischen Tiere in einem Wassertropfen, nur völlig erstarrt.
Sie können mich jederzeit anrufen. Auch mitten in der Nacht.
Warum hatte sie sofort danach aufgelegt, als zöge sie sich zurück, fliehe in ihr Dunkel, aus dem sie für einen Augenblick körperlos, doch spürbar wie eine Berührung, hervorgetreten war? War sie scheu? Wollte sie ihn locken? War es ein Trick?
Nein, er würde von ihrem Angebot keinen Gebrauch machen. Das gebot ihm die Vernunft.

Eine trübe Mißstimmung durchtönte die nächsten Tage. Es war wie ein Rückstand von etwas, das selbst ganz verschwunden und nicht mehr kenntlich war. Elsheimer bemerkte es kaum, wollte es nicht merken. Man mußte über solche Tiefs hinwegleben und einfach weitermachen. Vielleicht hing alles mit seiner Arbeit zusammen, die noch etwas unbestimmt blieb und zugleich in allem, was sich verdeutlicht hatte, so geläufig bekannt war. Er hatte das auch an der Reaktion seiner Frau gemerkt, der er ein paar einleitende Passagen und einen kurzen Problemaufriß gezeigt hatte.
»Klingt einleuchtend«, hatte sie gesagt, »mach erst mal weiter.«
Und obwohl er wußte, daß ihre Zurückhaltung berechtigt war, hatte er sich gekränkt gefühlt.
Elsheimer war jetzt oft allein in der Wohnung. Die älteste Tochter studierte in einer anderen Stadt, die jüngere war vormittags in der Schule und nachmittags oft mit Freunden unterwegs – sie ging Tennisspielen und besuchte Tanzkurse für Fortgeschrittene und Turnierpaare –, und seine Frau hatte eine neue Beschäftigung gefunden, eine ehrenamtliche Tätigkeit in einer Frauengruppe, die sich um die Probleme der ausländischen Kinder kümmerte, unter anderem Sprachunterricht erteilte und die Hausaufgaben der Kinder überwachte.

Auch sie war Pädagogin und hatte wie er im zweiten Fach Psychologie studiert. Sie kannten sich schon vom Studium her. Gleichzeitig mit ihm war sie wissenschaftliche Assistentin gewesen, hatte dann einige Forschungsstipendien gehabt und zusammen mit einer Arbeitsgruppe alternative Unterrichtsformen zu entwickeln versucht. Später hatte sie wegen der Kinder die Arbeit aufgeben müssen.
Immer noch hatten sie gemeinsame Interessen und Bildungsbereiche. Aber es schien ihm jetzt, als verkürze dieses lässige wechselseitige Unterrichtetsein ihre Gespräche, und manchmal gab ihm die Art ihres Zuhörens das Gefühl, daß er doziere und ihre Aufmerksamkeit ein wenig zu sehr in Anspruch nehme. Es gab auch gewisse Widersprüche zwischen ihnen, die wie feine, kaum merkliche Risse ihre Übereinstimmungen durchliefen. Sie hatte sich mehr der Praxis zugewandt, er der Theorie. Die Praxis, fand er, schloß immer schon die Anerkennung der gegebenen Verhältnisse und Bedingungen ein. Die Theorie war frei, sie konnte völlig neue Perspektiven in das Dickicht der Wirklichkeit schlagen. Elsheimer hatte den Verdacht, daß sich in der Skepsis seiner Frau gegenüber der Theorie ein verschwiegenes Ressentiment ausdrückte. Aber das durchschaute sie und konnte es ihm zurückgeben: Drückte sich in seinem Verdacht nicht sein schlechtes Gewissen aus? Er hatte schließlich das männliche Privileg für sich beansprucht, in seinem Beruf zu bleiben, während sie jahrelang durch die Kinder ans Haus gebunden war. Und, wandte er ein, war sie nicht einverstanden gewesen, damals? Was hätten sie tun sollen, so wie die Verhältnisse damals waren? Jaja, das wußte sie, und es war auch albern, noch darüber zu sprechen, sie konnten dieses Thema begraben. Jetzt, wo die Töchter größer waren, war sie einverstanden, so wie es lief.
Ja, es war gut so. Sie hatten alles durchdacht und durchschaut, und sie kamen gut miteinander aus. Sie waren ein

eingespieltes Ehepaar, mit Geschmack und Verstand. Elsheimer konnte sich beglückwünschen zu seiner schönen, klugen Frau und den beiden hübschen Töchtern und seinen beruflichen Erfolgen. Im Grunde hätte er es nicht nötig gehabt, sich auf das Schreiben eines neuen Buches einzulassen, es war ein überflüssiges Risiko.
Er quälte sich weiter damit. Nicht die Arbeit war das Schlimmste, sondern daß er den gewohnten Betrieb seines Instituts vermissen mußte, diese vielen kleinen Ansprüche, Erregungen, Befriedigungen, die ihn gewöhnlich Tag für Tag in Gang hielten, auch wenn er immer darüber stöhnte. Er war von außen gelebt worden, umgeben von seinen Assistenten und Studenten, den Kollegen, hin- und hereilend zwischen Vorlesungen, Seminaren, Doktorandenkolloquien, den Fakultätssitzungen und seinen Sprechstunden im Institut. Er hatte seine Bürostunden gehabt, seine Telefonate. Und wenn er dann für eine Stunde einmal allein sein konnte, hatte er es genossen und sich eingeredet, er brauche dringend eine längere Zeit der Ruhe und Zurückgezogenheit, um wieder zu sich selbst zu kommen.
Doch er kam nicht zu sich selbst, sondern fühlte, daß er in eine wesenlose Unbestimmtheit abglitt, in eine betäubte innere Stille, die ihn konfus machte, als dächte er gleichzeitig in verschiedene Richtungen, verlöre sich aber überall in dieselbe Spurlosigkeit. Einmal zirpte das Telefon, das er leise gestellt hatte, gab zwei Rufzeichen und war wieder still, als habe jemand irrtümlich seine Nummer gewählt und gleich wieder aufgelegt. Aber als sich das in den nächsten Tagen wiederholte, wußte er, daß sie es war.

Was wollte sie? Sollte er sie anrufen? Sie konnte doch nicht wissen, ob ihre Zeichen ihn erreichten und ob er sie sofort verstand. Deshalb mußte sie es öfter machen, in gewissen Abständen, damit die Wahrscheinlichkeit wuchs, daß er sie

hörte. Aber weshalb meldete sie sich nicht? War es ihr Versprechen, ihn nicht mehr anzurufen, das sie daran hinderte? Hatte sie Angst vor seiner Frau? Und was wollte sie? Schickte sie ihm Hilferufe? Oder konnte sie nur nicht ertragen, daß er schwieg? Sie war allein in ihrem Zimmer, ähnlich wie er, doch ohne Arbeit, ohne Beschäftigung, und so war sie wohl ins Warten geraten, hatte sich darauf versteift, er würde sie wieder anrufen, und da er es nicht tat, war sie darauf verfallen, ihm ein Zeichen zu geben, das sie zugleich verleugnen konnte. Sie rief ihn, als ob sie es nicht wäre, und erwartete doch, daß er sie verstand. Er wußte nichts über sie, war nur sicher, daß sie es war, die ihm diese kurzen Zeichen schickte, wie ein verstecktes Locken, doch zugleich gebieterisch und drängend.
Hörst du mich? Ich warte. Hörst du mich nicht? Ich bin's, ich bin's, das weißt du doch.
Er wußte es. Aber er wehrte sich gegen diese Einmischung, diese Besitzergreifung. Es lag etwas sehr Intimes in diesen heimlichen Signalen. Sie schienen vorauszusetzen, daß sie beide sich miteinander verständigt hatten und er bereit war, verschlüsselte Botschaften entgegenzunehmen, die nur für ihn bestimmt waren. Hörst du mich? Ich mache es so, um alle anderen zu täuschen, vor allem deine Frau. Aber du sollst wissen, daß ich an dich denke. Dieses kurze Klingeln des Telefons war eine Geheimsprache wie Klopfzeichen in Gefängnissen, lautlose Lichtsignale in der Nacht, nachgeahmte Tierschreie. Nein, er wollte das nicht mitmachen. Er war nicht ihr heimlicher Verbündeter, und sie gehörte nicht in das Innere seines Lebens.
Mehr und mehr kam ihm das kurze, leise Klingeln des Apparates wie ein Angriff vor. Er stellte das Telefon nach vorne in die Diele um. Niemand konnte ihn jetzt erreichen, auch seine Frau nicht, wenn sie anrief, oder das Institut, die Töchter. Gereizt machte er sich an seine Arbeit, las seine Kartei-

karten mit alten Eintragungen zum Thema, die ihm wenig sagten. Einmal ging er doch nach vorne, um sich Kaffee zu kochen, und dort in der Diele schrillte das Telefon laut. Er eilte hin und riß den Hörer hoch, nannte schroff seinen Namen. Nichts war zu hören, nicht einmal ein Atemzug. Noch einmal meldete er sich und gab seiner Stimme einen Ausdruck von Ahnungslosigkeit und Verärgerung.
»Wer ist da?« fragte er.
Die Verbindung bestand noch, und er lauschte, lauschte viel zu lang. Statt einer Antwort wurde der Hörer aufgelegt. Er hielt seinen noch länger in der Hand, legte ihn dann auf die Gabel zurück wie nach einer langen Auseinandersetzung, die eine aussichtslose Sache zu Ende gebracht hat. Erledigt, dachte er, erledigt. Lustlos, ohne Zuversicht kehrte er zu seiner Arbeit zurück.

In den folgenden Tagen hatte Elsheimer Ruhe. Aber er verstand nicht mehr, weshalb er sich so heftig gesträubt hatte, mit ihr zu sprechen.
Seltsam deutlich hielt sich in seinem Ohr das leise Knacken, mit dem sie aufgelegt hatte. Er glaubte, sehen zu können, wie sie den Hörer langsam von ihrem Ohr wegzog und ganz sanft, ohne einen eigenen Druck der Hand, auf die Gabel legte. Hatte sie ihn durchschaut, hatte sie ihn aufgegeben? Er wußte es nicht. Für ihn saß sie immer noch da in der Nähe des Telefons, aber jetzt wie eine Statue, die sich nicht mehr rührte. Ihr Gesicht war unvorstellbar und leer. Vielleicht war es hoffnungslos, oder voller Angst. Es konnte aber auch böse sein, eine Maske des Hasses. Dieses leere, nicht vorstellbare Gesicht hatte die Fähigkeit, alle anderen Gesichter banal erscheinen zu lassen. Es enthielt sie alle in sich und blieb doch hinter ihnen verborgen, nicht verbindbar mit einer bestimmten Lebensgeschichte. Es blieb außerhalb, unverfügbar und nicht zu begreifen. So wie es auch in ihm et-

was gab, das sich nicht einfügte und ihn manchmal von innen her überschwemmte und auflöste. Er war dann abwesend, wie in diesem Augenblick, als sie schwieg und wartete und sein uneingestandener Wunsch, mit ihr zu sprechen, wieder aufgetaucht war, den er nur oberflächlich durch sein theaterhaftes Aufbrausen, seine gespielte Schroffheit überdeckt hatte. Ja, er hatte etwas sagen wollen, aber es nicht deutlich genug gewußt, betäubt von seinem Herzklopfen, das er noch seiner Wut, seinem Ärger zuschrieb, als er dort in der Diele den Hörer ans Ohr preßte und wartete, ob sie etwas sagen würde oder vielleicht er selbst, ohne es zu wollen, plötzlich zu sprechen begann, um etwas zu gestehen – was?
Das wußte er nicht und hatte sich gewehrt. Er hatte sich angestemmt gegen den Sog, der von ihrem Schweigen ausging. Es war ein Machtkampf gewesen von dem Augenblick an, als er durch sein Warten zugab, daß er sie erkannt hatte. Wer von ihnen würde zuerst sprechen, und was würde er sagen? Sein Bewußtsein war in diesem Augenblick ganz klein gewesen, zusammengeschrumpft auf einen Punkt hinter seiner Stirn. Erst als sie auflegte, löste sich die Lähmung und er fand zu sich zurück.
Wenn sie seine Verstellung durchschaut hatte, mußte sie verwirrt sein. Er mußte unbegreiflich feindlich auf sie gewirkt haben. Aber das hatte wohl eine alte, tiefsitzende skeptische Erwartung bei ihr bestätigt, und sie hatte sich abgewandt.
Letzten Endes war das gut so. Vielleicht konnte er der Sache einen anderen Abschluß geben, wenn er sie noch einmal anrief. Nicht jetzt, gelegentlich. Es kam darauf an, einen unverbindlichen, freundlichen Ton zu finden, der ihn gegen ihre lauernden Pausen schützte und gegen ihre sanfte, leise Stimme. Nein, besser war es zu schreiben. Einfach eine Zeile: »Ich hoffe, es geht Ihnen wieder gut. Herzliche Grüße.« Aber das klang wie eine Frage, und sie würde Grund haben zu antworten. Und wenn sie es nicht tat,

würde er nicht zufrieden sein. Nein, er mußte sich das alles aus dem Kopf schlagen.

Bei seiner Arbeit zeigte sich jetzt ein möglicher Anfang. Er hatte ein paar Seiten über die Grenzen des Ichs geschrieben und darzustellen versucht, wie sie durch die Sprache gesetzt und verteidigt wurden. »Meine Hand berührt deine Schulter.« »Ich drücke deine Hand.« »Sie tritt in mein Zimmer.« Solche Sätze schufen Abgrenzungen und Unterscheidungen, durch die die wechselseitigen Beziehungen erst klar beschreibbar wurden. Es waren zunächst räumliche Abgrenzungen, dem Tast- und Gesichtssinn zugeordnet, aber schon bezeichnet durch Begriffe des Eigentums. Jeder befand sich im Zentrum seiner eigenen Welt, gehalten durch seine Schwere, begrenzt als Körper und weiter durch seinen Lebensbereich. Doch darin traten andere auf, ebenfalls in ihrem Zentrum. Die Körper gerieten ins Gedränge, und die Gedanken durchkreuzten sich. Obwohl sie andererseits das Geheimnisvollste waren, undurchschaubar. Nein, das stimmte nicht, es war schwieriger. Es gab Verstehen und Mißverstehen, und es gab gegenseitige Übereinkünfte auf Grund beider Möglichkeiten, jahrelange Mißverständnisse, die gut funktionierten, und als Grenzwert spontanes Erkennen.

Hier ungefähr mußte sein Thema liegen: die wechselseitige Wahrnehmung und, in der nächsten Stufe, die Wahrnehmung des Wahrnehmens, durch die man sich gegenseitig kontrollierte, zeigte und wieder täuschte.

»Ich sehe dich.« »Du siehst mich.« »Ich sehe, du siehst mich.« »Ich sehe, du siehst, daß ich dich sehe.« »Ich sehe mich durch dich.« »Ich sehe, wie du mich siehst, und sehe, daß du nicht siehst, wie ich mich sehe.«

Elsheimer verlor sich immer mehr in den vertrakten Beziehungen, die wie Spiegelungen von Spiegelbildern waren, und allmählich wurde er wieder unsicher, was er überhaupt sagen könne und wo in dem dauernden Hin und Her der Reaktionen und Hypothesen, auf Grund derer die Menschen miteinander umgingen, überhaupt ein fester Punkt war.

Mehr und mehr vergingen ihm jetzt die Tage mit kleinen Tätigkeiten in der Wohnung. Der Stecker des Toasters war kaputt, er ersetzte ihn durch einen neuen. Seine Frau hatte darüber geklagt, daß das Wasser im Spülbecken zu langsam abliefe, und er machte sich daran, alle Abflußrohre in der Wohnung zu säubern. Die Gastherme der Warmwasserheizung war zu laut. Also ging er herum und ließ Luft aus den Heizungskörpern, füllte dann das fehlende Wasser nach.
Nachdem er einmal angefangen hatte, sich um die Wohnung zu kümmern, räumte er auch den Keller auf. Das war lange fällig gewesen, wie sich zeigte. Elsheimer brachte zusammen mit einem Gelegenheitsarbeiter drei Handkarren voller Gerümpel zu einer Baustelle in einer Nebenstraße, vor der ein großer Container stand. Im Keller war jetzt hinreichend Platz gewonnen, um ein größeres Regal für die Weinflaschen aufzustellen. Elsheimer zeichnete sich das auf, ließ Bretter und Latten zurechtschneiden und machte sich an die Arbeit. Seine Frau kam abends in den Keller und bewunderte das Ergebnis, wie schon vorher seine anderen Arbeiten. Er war jetzt öfter in der Stadt unterwegs, um kleine Besorgungen für seine Basteleien zu machen. Meistens kam er mit neuen Ideen zurück, was in der Wohnung noch zu tun sei. Die ältere Tochter brauchte eine ausziehbare und schwenkbare Lampe über ihrem Arbeitsplatz und die jüngere ein zusätzliches Bücherbrett. Schon lange gefiel es ihm nicht mehr, daß die Landschaftsfotografien im Flur in einfachen Glasbildträgern steckten. Er nahm sie ab und ging damit zu einem Rahmenmacher, kramte dort

lange unschlüssig in den verschiedenen Leistenprofilen herum und war ungeduldig, daß es eine Woche dauern sollte, bis die Rahmen fertig waren.
»War das eigentlich nötig?« fragte seine Frau.
»Ja, ich fand ja«, sagte er, »es wird viel besser aussehen.«
Sie bezweifelte, ob er recht hatte, und er zweifelte jetzt selber daran.
Er hatte allerdings Wechselrahmen bestellt. So konnte er die Bilder im Flur austauschen und ein ganz anderes Konzept für die Gestaltung der Wände finden. Bei einer seiner Besorgungen sah er im Schaufenster eines Möbelgeschäftes eine Deckenlampe, die er sich im Zimmer seiner jüngeren Tochter sehr hübsch vorstellte. Er sagte ihr, sie solle einmal vorbeigehen und sich die Lampe anschauen. Aber sie hatte wenig Lust dazu, und er fühlte sich im Stich gelassen. Um so weniger konnte er es lassen, weiter herumzusuchen. Er ging durch Gebrauchtmöbellager, kleine Kellerläden, die nostalgischen Trödel und Antiquitäten verkauften, und entdeckte einen schweren alten Ledersessel mit hoher Lehne und breiten Armwülsten, den er nach kurzem Zögern für sein Arbeitszimmer erwarb. Seine Frau nannte den Sessel »ein plumpes, altmodisches Ungetüm«, das ihm nur Platz wegnehme. Als er widersprach und die Bequemlichkeit und den Charme dieses alten Möbels lobte, sagte sie, es sei sein Zimmer und er müsse das selber wissen. Immer wieder kaufte er auch Bücher, die im weiteren Zusammenhang mit seiner Arbeit standen, und andere, die er danach lesen wollte, wissenschaftliche Fachbücher und literarische Neuerscheinungen, auch einige Kuriosa. Um sie unterzubringen, mußte er andere Bücher zum Antiquar schaffen und die Ordnung in den Regalen verändern. Er stand mitten zwischen Bücherstapeln, als seine Frau eines Nachmittags von ihrer Arbeit nach Hause kam. Sie hatte ihn schon am Morgen damit anfangen sehen, und jetzt war die Unordnung

eher größer geworden, denn er hatte sich entschlossen, etwas gründlicher aufzuräumen.
»Na, immer noch dabei?« sagte sie.
Sie hatte es beiläufig gesagt, aber er hatte ihren irritierten Blick gesehen, und so antwortete er gleich mit einiger Entschiedenheit: »Das mußte alles einmal gemacht werden.«
»Wenn du meinst«, sagte sie, »ich kenne deine Prioritäten nicht.«
»Doch«, sagte er, »die kennst du sehr wohl. Ich will dieses Buch schreiben.«
»Das dachte ich auch«, sagte sie, immer noch mit dem Blick auf die Bücherhaufen, zwischen denen Elsheimer stand.
»Wie«, sagte er, »du zweifelst daran?«
»Ich sehe nur, daß du ausweichst«, sagte sie, »seit zwei Wochen gehst du um den heißen Brei herum.«
Die Offensichtlichkeit, mit der sie recht hatte, unterdrückte seinen Impuls zu widersprechen.

Und doch hatte es in ihm etwas gegeben, was sie nicht verstanden hatte. Nicht nur Vorwände und Flucht vor seinen Schwierigkeiten, sondern ein starkes Gefühl, das ihn wie eine Strömung erfaßt hatte, ein unbegriffenes, aber unabweisbares Bedürfnis, die Wohnung auszustatten wie eine komfortable Festung. Manchmal während seiner Handwerksarbeiten, oder wenn er etwas umstellte, eine neue Ordnung schuf, und vor allem, wenn er aus der Stadt mit neuen Verbesserungsideen und kleinen Einkäufen zurückkehrte, hatte er sich in der Vorstellung ergangen, er richte die Wohnung auf eine bevorstehende Belagerung ein. Sobald er das dachte, es sich zu denken erlaubte, wurde er von einer leichten Erregung ergriffen, und er beeilte sich heimzukommen oder seine Arbeit voranzutreiben, und jeder kleine Fortschritt, den er erzielte, schien gegen einen unsichtbaren näherrückenden Feind gewonnen zu sein und seine eigene

Lage zu verbessern. Abends besah er sich, was er erreicht hatte, und am nächsten Morgen entschied er für sich, daß dies ein Tag sei, den er noch nutzen müsse, und stürzte sich auf neue Arbeiten, schaffte neue Gegenstände heran.

Nach den Regeln seines geheimen Gedankenspiels kam es darauf an, die Wohnung so einzurichten, daß er mit seiner Frau und seinen Töchtern unabsehbare Zeit darin leben konnte, ohne daß ihnen etwas Wesentliches fehlte. Die Versorgung mit Lebensmitteln, Strom, Wasser und Gas würde kein Problem sein, unterstellte er. Die eigentliche Probe, die sie zu bestehen hatten, war dieses Abgeschnittensein von der Außenwelt und den anderen Menschen, das ihm als eine neue ungeahnte Möglichkeit des Glücks erschien.

Schon die Wohnung darauf einzurichten, nahm ein wenig von diesem Glück vorweg. Denn es erschien ihm, als richte er ein neues Leben ein. Er brauchte viele Bücher auf Vorrat, für alle möglichen Interessen und Gedankenrichtungen, auch viele Schallplatten, reizvolle Bilder an den Wänden, bequeme Möbel und vor allem Lampen, die ein warmes, weiches Licht verstrahlten, wenn man abends durch die Wohnung ging und, hinter geschlossenen Vorhängen, alles wie eine große, festlich erleuchtete Höhle war oder wie ein Schiff, das durch die weite, windige Nacht des Meeres fuhr, innen aber, in seinem Bauch, den Passagieren alle denkbaren Bequemlichkeiten, Anregungen und Genüsse bot, so daß ihnen nichts fehlte zu ihrem Wohlbehagen und sie vergessen konnten, wo sie waren.

Elsheimer hatte diese Phantasien nicht kritiklos in sich aufkommen lassen, sondern ihnen nur gleichsam durch ein Lächeln hindurch nachgegeben. Trotzdem hatte dieses Schiffs- oder Festungsgefühl ihn allmählich eingehüllt, und er hatte darin das wortlose Versprechen der Unangreifbarkeit gefunden, etwas wie Heilung und Wiedergeburt zu einer erfüllteren, in sich ruhenden Existenz, und alles, was er tat, waren die magischen Beschwörungen, die nötig waren, um sich dieses einhüllende Gefühl zu erhalten, das er nun brauchte, als wäre er süchtig danach und als gäbe es keinen anderen Weg mehr weiterzumachen.

Wenn er ihm aber folgte, schwelgte er in einem Gefühl von wachsender Macht und Sicherheit, in das seine Umgebung unklar einbezogen war. Sie schien mit ihm zusammenzuwachsen, ein Teil seiner selbst zu sein. Sie wärmte ihn mit dem Licht der Lampen, barg und umschloß ihn wie der große Ledersessel. Und solange seine Frau seine täglichen Verbesserungen und Neuerungen lobte, hatte er die Empfindung, auch sie sei, ohne es ganz zu wissen oder gestehen zu wollen, mit seinen Phantasien einig und wirke heimlich daran mit, strebe mit ihm zusammen einem noch vollkommeneren Einklang entgegen. Ihre vorsichtigen Einwände, ihre Zurückhaltung waren für ihn kein Widerspruch, sondern nur Zeichen, daß er ihr voraus war, und sie ihm vorläufig nur zögernd zu folgen vermochte. So blieb er allein, abgeschirmt durch seinen Eifer gegen ihr wachsendes Befremden, bis sie ihm plötzlich ganz deutlich sagte, daß er ihrer Meinung nach nur auf der Flucht vor seiner Arbeit sei. Das stimmte. Er hatte es dauernd gewußt. Die schützende Hülle seiner Phantasien war nur dünn gewesen. Sie hielt keinen Widerspruch aus. Elsheimer mußte sich mit den Augen seiner Frau sehen, als jemand, der sich vor Ehrgeiz bei seiner Arbeit verkrampfte und lauter Vorwände suchte, um seinen Schwierigkeiten auszuweichen. Wenn er es so betrachtete, war es ganz normal. Nur was dahinter gesteckt hatte, dieses seltsame Phantasiespiel, mußte er unbedingt verschweigen. Es war auch schon nicht mehr richtig greifbar für ihn, wie ein Traum, aus dem man zu schnell erwacht war. Er wußte nur, es war eine peinliche Irritation gewesen, eine Störung seiner Persönlichkeit, die er am besten vergaß.

Er saß jetzt wieder regelmäßig an seinem Arbeitstisch und zwang sich, täglich ein paar Seiten zu schreiben. Ob sie viel taugten, wußte er nicht. Aber er war entschlossen, vorläufig nicht daran zu rühren und einfach weiterzumachen. Zunächst kam es ihm nur darauf an, täglich ein Ergebnis zu haben, das sich zählen ließ.

Trotzdem entdeckte er sich oft dabei, daß er, das Kinn auf die Hand gestützt, aus dem Fenster starrte, wo nichts zu sehen war als die Brandmauer des Nachbarhauses, eine Fläche in verschmutzten Ziegelfarben, zu wirr und zu sinnlos, um sie ganz zu kennen. Er glotzte auch nur. Die Tauben saßen auf einem Mauervorsprung, flogen weg, die erste, die zweite, kamen irgendwann zurück. Regen fiel, ging über in Schneeregen und verschwamm mit der Dämmerung. Jetzt war die Mauer ein graues, flach ausgespanntes Schattenfeld, unbestimmt entfernt, und die Antennen oberhalb der Firstlinie verschwanden allmählich im dunkler werdenden Himmel. Vor dem anderen Fenster war die leise schwankende Bewegung der Pappeln. Die beiden Tauben saßen dort, schauten zu ihm herein.

Elsheimer schüttelte sich, um aus seiner Benommenheit aufzutauchen, und knipste das Licht seiner Arbeitslampe an. Manchmal, wenn er sich bei diesem abwesenden, versunkenen Schauen erwischte, dachte er, daß er noch immer in seiner seltsamen Versponnenheit lebe, nur daß sie jetzt leer sei, eine schwarze, verschmierte Tafel, auf der niemand mehr etwas schreibe.

Erst wenn er die Vorhänge zugezogen hatte, wurde es besser. Seine Konzentration nahm zu, und es gelang ihm nachzuholen, was er tagsüber versäumt hatte. Vor dem Schlafengehen ging er nach vorne, wo seine Frau mit einer Handarbeit saß und Musik hörte, ein Buch las oder einen Brief schrieb. Sie blickte auf, nahm ihre Brille ab und fragte, ob er vorangekommen sei. Ihre freundliche Zuwendung machte ihm deutlich, daß sie stundenlang ganz bei sich selbst gewesen war und ihn nun am Rande ihrer Welt auftauchen sah. Er lächelte ihr vage zu, ging nebenan in die Küche, wo meistens eine angebrochene Flasche Rotwein stand. Sie tranken noch ein Glas zusammen und gingen ins Badezimmer, um sich auszuziehen. Seltener als früher rückten sie im Bett noch aneinander und fanden sich in eine gewohnte Umarmung hinein.

Wenn er Glück hatte, ließ er sich mitziehen von ihren schnell tiefer werdenden Atemzügen und schlief zusammen mit ihr ein. Aber manchmal war er trotzdem zwei Stunden später wieder wach und lag dann lange da mit offenen Augen. Einmal, als er ins Badezimmer gegangen war, stieß er im dunklen Flur mit seiner schlaftrunkenen jüngeren Tochter zusammen.
»Tina, was machst du hier?« fragte er. »Warum schläfst du nicht?«
»Ich?« fragte sie und schien einen Moment vergessen zu haben, wo sie war. Dann sagte sie, als fände sie erst jetzt wieder, was sie erschreckt oder verstört hatte: »Das Telefon hat geklingelt. Vor einer Stunde schon und jetzt wieder. Ich war gerade wieder eingeschlafen.«
»Und?« fragte er, »war jemand dran?«
»Ja. Aber er hat sich nicht gemeldet«, sagte sie gereizt, und Elsheimer hatte das Gefühl, sie klage ihn an, habe irgendwie – vielleicht weil sie ihn hier im Flur getroffen hatte – begriffen, daß er der eigentliche Empfänger dieses Anrufs war.
»Leg dich schnell wieder hin«, sagte er begütigend.
Aber sie wollte noch ins Badezimmer. Er wartete auf sie und legte fürsorglich den Arm um ihre Schulter, als sie wieder herauskam. Sie war noch wütend und nahm seine Berührung nur störrisch hin, während sie auf nackten Füßen und immer noch schlaftrunken durch den Flur zu ihrem Zimmer zurücktapste.

»Ich stell' das Telefon leise«, sagte er. »Dann hörst du nichts, wenn der Kerl wieder anruft.«
Ein jähes verächtliches Gefühl für sich selbst durchschoß ihn im gleichen Moment, als er diese heuchlerische Phrase hervorbrachte, und er konnte an dem Brennen seines Gesichtes spüren, daß er im Dunkeln errötet war. »Der Kerl!« Wie war ihm das eingefallen?! Was für eine peinliche, scheinheilige Gewitztheit, um sie hinter's Licht zu führen, während er sie mit gespielter väterlicher Vertrautheit zu ihrem Zimmer brachte! Beklommen nahm er die Hand von ihrer Schulter, weil er fühlte, daß jemand wie er, der so prompt mit schäbigen, betrügerischen Tricks aufwartete, kein Vertrauen verdiente.
»Gute Nacht«, sagte er unvermindert zärtlich, »und schlaf schnell wieder ein.«
Sie maulte etwas, zugleich Widerspruch und Bestätigung, und zog hinter sich die Tür zu. Sein Herz klopfte. Aber da war plötzlich auch wilde, triumphierende Freude. Eins stand jedenfalls fest: Wenn er schon sein Kind betrogen hatte, dann würde er jetzt auch diese Frau anrufen. Wenn er sich schon erniedrigte, wollte er die Belohnung dafür.
Leise, damit sie nicht hören konnte, in welche Richtung er sich davonbewegte, schlich er in die Diele, wo das Telefon stand. Er hätte seufzen können vor Erleichterung und Ungeduld. Gleich, dachte er, gleich, nahm den Apparat in die Hand und trug ihn ins Wohnzimmer, wo er sich mit ihm auf den Boden setzte und davor wartete, wie vor einer Beute. Tina mußte erst wieder einschlafen, damit er sicher sein konnte, daß sie nicht plötzlich hinter dem gehämmerten Glas der Zimmertür erscheinen würde. Vielleicht war es besser, die Tür einen Spalt aufzumachen und in den Gang zu lauschen. Er zitterte. Es war kalt im Zimmer, auch der Teppichboden fühlte sich kalt an, als er seine feuchten Handflächen daran abrieb. Immer noch kann ich wieder ins Bett ge-

hen, dachte er, noch hab' ich nichts falsch gemacht. Dann fiel ihm ein, daß er ihre Nummer nicht wußte. Der Zettel war in seiner Brieftasche, und die steckte in seiner Jacke, die im Schlafzimmer hing. Das macht ja nichts, dachte er, ich werde die Auskunft anrufen.
Er merkte, wie es ihm half, daß er diese Schwierigkeit lösen mußte, stemmte sich vom Boden hoch, ging in die Diele, um den Notizblock und den Stift zu holen, die dort immer auf dem Telefontisch lagen. Wie angenehm war die sachliche Frauenstimme, die sich bei der Auskunft meldete. Nicht die ganze Welt war gegen ihn, es gab Verbündete. Diese Frau half ihm, schaffte ihm die Nummer herbei, die er schnell nach ihrem Diktat auf den Block kritzelte und dabei wiedererkannte, als habe sie in seinem Gedächtnis bereitgelegen. Dann war er wieder allein, bedroht von der Feindlichkeit der dunklen Wohnung, die ihn von allen Seiten umgab, und er wußte nicht, ob das schwere Pochen seines Herzens daher rührte, daß er die Entdeckung fürchtete oder weil er darunter einen Impuls spürte, der ihn dagegen gleichgültig ließ.
Er wählte und verwählte sich, wählte gleich wieder, und gleich danach war sie dran.
»Ja?« sagte sie.
»Ich bin's«, flüsterte er.
Er brachte nicht mehr heraus. Die Stimme war ihm weggeblieben.
»Oh, ich hab's gewußt, ich hab's gewußt«, sagte sie. »Seit einer Stunde ahnte ich es immer deutlicher, Sie würden mich anrufen. Seit vielen Tagen warte ich darauf. Ich habe mich so danach gesehnt. Sie wissen nicht, was es für mich bedeutet, daß Sie sich überwunden haben. Sie wollten es doch schon lange?«
»Ja«, sagte er, ohne jeden weiteren Widerstand.
»Das habe ich gewußt«, sagte sie. »Sie mußten sich überwinden, das wußte ich, und deshalb habe ich gewartet.«

Er konnte nicht antworten.
»Wo sind Sie?« fragte sie.
»In meiner Wohnung.«
»Hört Sie niemand?«
»Nein, alles schläft. Aber ich muß auf einem Ohr lauschen. Ich lege sofort auf, wenn ich was höre.«
»Ja«, sagte sie, »passen Sie auf.«
Gehorsam spähte er durch den Türspalt in den Flur, ließ sich dabei schwerfällig auf die Seite kippen und lag auf seinem Unterarm. Vom Eckfenster aus fiel ein matter Lichtschein in den Flur, der dort abknickte und zu den hinteren Zimmern führte, wo seine Frau schlief, neben seinem leeren Platz. Das ist meine Wohnung, dachte er, oder sagte es sich gleichsam vor, und sah sich selbst im Schlafanzug mit dem Telefon auf dem Boden liegen, ein wenig gekrümmt und seitlich aufgestützt, in der üppigen Haltung eines Flußgottes oder Tritons, doch von oben aus gesehen, aus einer unbestimmten Höhe über sich, wohin ein abgespaltener, widerspenstiger Rest seiner Person geflohen zu sein schien und in höhnischer Zustimmung auf ihn herabblickte.
»Was ist?« fragte sie. »Sie sind auf einmal so still.«
»Nichts. Alles ist in Ordnung«, flüsterte er und setzte sich wieder auf.
»Sie sind so aufgeregt. Ich höre es.«
»Das macht das Flüstern. Und weil ich aufpassen muß. Es ist ein wenig abwegig, was wir hier machen. Habe ich Sie geweckt?«
»Nein, ich habe doch auf Sie gewartet. Ich habe Sie herbeigewünscht.«
»Ich weiß nicht mal, weshalb ich Sie angerufen habe.«
»Muß man es denn wissen?« fragte sie leise.
Er spürte seinen knappen Atem und konnte keinen Gedanken fassen. Die Worte kamen anderswo her, als würden sie wechselseitig abgerufen, und er merkte, daß er nicht raus-

kam aus dieser Trance und auch seine Wachsamkeit schon verloren hatte. Die Gefahr, entdeckt zu werden, war jetzt nur ein süßes, leckendes Gefühl innen in seinem Hals, dem er sich in verwunderter Ohnmacht ergab, während ihre Stimme, ohne daß er wirklich zuhörte, einfach in ihn überging.
»Es ist schön, mitten in der Nacht miteinander zu reden. Wenn alle anderen schlafen. Dadurch kommt man sich so nah. Als wäre man allein auf der Welt. Und es tut gar nichts, daß man sich nicht kennt, es tut gar nichts. Man spürt die Grenzen nicht. Man ist getrennt und doch zusammen, nicht wahr?«
»Ja«, sagte er.
»Ist meine Stimme nicht besser geworden?« wollte sie wissen.
»Ja, viel besser.«
»Das verdanke ich Ihnen. Sie sind für mich besser als jeder Arzt. Wissen Sie, ich habe ein Bild von Ihnen auf meinem Nachttisch. Ich habe es in einer Zeitschrift gefunden und ausgeschnitten. Es ist nicht sehr deutlich, leider.«
»Und ich habe überhaupt kein Bild von Ihnen«, sagte er.
Sie zögerte einen Augenblick. Dann sagte sie: »Das ist gut so. Sie können sich so alles vorstellen, was Sie wollen.«
»Ja«, sagte er wieder, bereit, sich von ihr führen zu lassen. Aber er konnte sich nicht mehr vorstellen als die leere, verwischte Urform eines Gesichts, einen nebelhaften Fleck, der für einen Moment nicht im Raum, aber doch in der Dunkelheit dieser Nacht aufschimmerte und ihr Gesicht vertrat und dann wieder gegen seinen Willen verschwand, als würde er fortgesogen. Und dieses Wegdunkeln und Erlöschen ließ ein krankes Verlangen in ihm zurück, das ihn starr machte und ihn nicht hören ließ, was sie sagte, ob sie etwas sagte, bis ein Geräusch zu ihm vordrang, ein Knacken, irgendwo im Fußboden oder im Holz des Schrankes, bei

dem er zusammenzuckte und mit dem Gesicht am Türspalt in den Flur spähte. Aber da war niemand, wenn nicht jemand in der Dunkelheit stand, ein Lauscher, der ihm zugehört hatte und nun selbst erstarrt war.
»Was ist, was ist?« drängte ihn die Stimme.
Er saß hier auf dem Boden, er war es doch.
»Wir können das nicht fortsetzen«, sagte er.
»Jetzt nicht?« fragte sie hastig.
»Nein«, sagte er, »überhaupt nicht.«
Nach einer langen Pause sagte sie: »Ich erwarte nichts von Ihnen.«
Und wieder nach einer Pause, aber sehr viel leiser: »Schieben Sie mich nicht ganz fort.«
»Nein, nein«, hörte er sich sagen.
»Darf ich gelegentlich anrufen?« fragte sie.
»Ja«, sagte er, »aber das wird schwierig. Wir können nicht so reden wie jetzt.«
Er hatte seiner Stimme einen Ton gegeben, der um Einsicht in seine Schwierigkeiten warb, und sie kam ihm sofort entgegen, schien ihm alle seine Besorgnis sofort nehmen zu wollen.
»Ich weiß«, sagte sie sanft. Dann fügte sie hinzu: »Sie können mich ja anrufen, wenn Sie allein sind.«
Er hätte ja sagen können, ja, ohne daß ihn das verpflichtet hätte. Aber ihre Unbelehrbarkeit ließ ihn verstummen. Sicher wartete sie jetzt auf eine Bestätigung, ein Versprechen, oder auch nur einen zustimmenden Laut. Um so deutlicher begriff er, daß er erneut eine Chance hatte, eine Grenze zu ziehen, wenn er nicht mehr auf sie einging. Er wartete, schwieg. Versteift in seinen Widerstand hörte er, wie sie leise sagte: »Bitte, legen Sie zuerst auf.«
Unwillkürlich nahm er den Hörer vom Ohr, um ihn auf die Gabel zu legen, hob ihn aber wieder hoch und sagte: »Gute Nacht.«

Es kam keine Antwort. Er wußte, sie gab ihm damit zu verstehen, alles sei falsch, was er sagte. Er mußte ihr recht geben, sie hatte einen anderen Abschied verdient. Schließlich sagte sie mit deutlicher Zurückhaltung: »Danke, daß Sie mich angerufen haben.«
Er wagte nicht aufzulegen. Einen Moment lang, er hatte wohl die Augen geschlossen, befand er sich in einem engen, dunklen Schacht, der von einem lautlosen Tosen erfüllt war. Und etwas kreischte auf, eine fremde Stimme, die dem Aufruhr seiner Nerven entsprach. Er schüttelte sich, schüttelte es ab, fand sich selbst wieder auf dem Boden hockend, vor sich den Schrank. Durch den Türspalt kam die Schnur des Telefons, was in ihm die Vorstellung erzeugte, daß die Schnur gleich zu ihr hinführe, daß sie nebenan war, hinter der Tür.
»Gute Nacht«, sagte er wieder und neigte sich ein wenig vor, als sei dort in der Dunkelheit ihr Ohr, in das er leise seine Formel hineinsprach, mit der er sie fortschob: »Schlafen Sie gut.«
Er hatte aufgelegt, ohne auf eine Antwort zu warten. Seine Hand blieb einen Moment auf dem Hörer liegen als ein zusätzliches Gewicht. Unversehrte, unverdächtige Stille umgab ihn, die Stille der vertrauten Wohnung und des fremden Schlafes. Wie schön, dachte er, wie gut, alles war gutgegangen. Dann merkte er, daß er vor Kälte zitterte.

Er stellte das Telefon an seinen Platz zurück und ging ins Schlafzimmer, um sich neben seiner Frau ins Bett zu legen. Sie schien tief zu schlafen und rührte sich nicht. Ihre Atemzüge störten ihn beim Einschlafen. Manchmal döste er ein wenig, war dann wieder wach und starrte zur Zimmerdecke, fühlte sich aufgewühlt, konnte aber keinen Gedanken fassen. Plötzlich träumte er. Ein großer Polarbär lief einen Bergpfad herunter, grunzend wie ein Schwein. Er, Elsheimer, hatte

eine zweizinkige Forke, um ihn aufzuhalten. Er mußte in den Bär hineinstechen. Er stach ihn in die zottige Brust. Der Bär blieb stehen und schob einen langen schildkrötenartigen Hals aus sich heraus, er hatte jetzt auch einen Schildkrötenkopf. Die kleinen ausdruckslosen Augen unter der faltigen Lidhaut sahen ihn an, und das harte kantige Maul schwenkte zu ihm herüber.
Nein, dachte Elsheimer, und der Traum fing von neuem an. Wieder lief der Bär durch die Dunkelheit, doch undeutlicher, weiter entfernt und etwas kleiner. Wieder, vorsorglich, dachte Elsheimer: Nein! Worauf der Traum seine Richtung änderte und vom mühseligen, vergeblichen Packen eines Koffers handelte, der sich nicht schließen ließ und immer wieder aufklaffte. Lappenartige, unkenntliche Kleidungsstücke hingen heraus, modrige, zerfetzte Lumpen, die sich nicht verbergen ließen. Irgendwie war er verwachsen mit diesem Koffer, konnte nicht davon loskommen. Gegen seinen Willen öffnete er ihn, während er ihn zu schließen versuchte. Das Verschließen schien durch eine Verwechslung immer ein Öffnen zu sein, und der ganze Boden war inzwischen mit schwarzen Lumpen bedeckt, in denen er herumwatete und die sich um seine Beine wickelten. Nein, dachte er wieder, denn er wußte, daß er träumte. Alles wurde grauer, unbestimmter. Er sah Gerüststangen, eine ansteigende Straße. Jemand ging dort voraus, während er zurückblieb und überall anstieß an die Stangen, an denen jetzt schwarze Lumpen hingen, schlaffe, düstere Fahnen, die eine schwadelige Kälte ausströmten. Es war ein Wald, wie er jetzt erkannte, ein rostiger, metallischer Wald, in dem allerlei unkenntliches Leben herumhuschte, das sich davonmachte vor einer hier drohenden unbekannten Gefahr. Auch er mußte fort, mußte sich beeilen. Der weiße Bär würde kommen mit fernem Lärm im Gestänge, das immer dichter um Elsheimer herumstand, so daß es ihm kaum noch gelang, durchzudrin-

gen und eine Richtung zu halten, und es war wahrscheinlich schon immer dieselbe Stelle, wo ihn das Baumgestänge festhielt. Er fror. Ich werde um Gnade bitten, dachte er. Aber höhnisch verwehrte er sich das: Du willst immer einen Ausweg. Aber diesmal nicht, diesmal nicht. Er hatte aufgegeben zu fliehen, weil die Kälte ihn festhielt und er auch nichts sehen konnte. Dann werde ich eben krank werden, dachte er. Damit wurde er wach.
Er lag allein im Bett, die Decke war ihm von den Schultern gerutscht. Der Platz neben ihm war schon ausgekühlt. Im Hof, wo eine Installationsfirma ihr Lager hatte, wurden Rohre abgeladen, die ein schepperndes Geräusch machten. Die Stimmen der Arbeiter, die sich etwas zuriefen, klangen dumpf und vergrößert, ein kurzes stoßartiges Brüllen, das von unten heraufdrang. Durchdrungen und steif von der Kälte hatte Elsheimer das Gefühl, er könne seine Umgebung nur eingeschränkt wahrnehmen, als blicke er durch einen engen Spalt.
Es fiel ihm schwer aufzustehen. Seine Frau und seine Tochter hatten die Wohnung sicher schon verlassen, und auf einmal sah er keinen Grund mehr, sich von seinem Platz zu rühren. Er mußte arbeiten, ja, aber das war ein leerer Vorsatz, bei dem er sich nichts vorzustellen vermochte. Er war sich fremd geworden in dieser Nacht. Es hatte ihn spürbar ausgenommen und verstört, sich hier, mitten in seiner Wohnung auf diese fremde Stimme einzulassen, mit ihr zu flüstern, auf sie zu lauschen und dabei von ihr fortgezogen zu werden von seiner Vernunft, seiner Gewohnheit oder dem Bild, das er von sich selbst hatte und zweifellos für alle anderen immer noch darstellte, bloß daß er nicht gewußt hatte, daß es eine Darstellung war und dahinter etwas anderes sich zeigen würde, er, Elsheimer, eine dunkle, formlose Gestalt auf dem Fußboden seines Wohnzimmers ausgestreckt, nachts. Sie hatte ihn von sich selbst losgemacht, und er hatte

eine seltsame, beunruhigende Lust empfinden, diesen Riß größer werden zu lassen und fortzutreiben von allem, was er bis dahin von sich wußte und gehalten hatte. Obwohl er sich kaum noch erinnerte, worüber sie gesprochen hatten, und es ihm jetzt eher so erschien, als wäre es nichts gewesen, fast nichts, fühlte er sich schuldig, als er an diesem Morgen in die unaufgeräumte Küche kam, in der die Reste eines eiligen Frühstücks herumstanden, eine Hinterlassenschaft, die ihn verleugnete, gar nicht mit ihm zu rechnen schien, oder sogar die Hast verriet, schnell von hier fortzukommen, bevor er auftauchte.
Nein, sie waren nur fortgegangen, weil sie fort mußten. Die Tochter war in der Schule und seine Frau in ihrer Beratungsstelle. Sie hatten ihn schlafen lassen und waren in ihre eigenen Welten verschwunden, zu ihren Pflichten, Gewohnheiten, Beschäftigungen. Das war alles ganz normal.
Schieben Sie mich nicht ganz fort, hatte die Stimme gesagt.
Aber das war es, was er tun mußte.
Er goß einen Rest lauwarmen Tees in eine Tasse und trank im Stehen ein paar Schlucke, blickte dabei nach draußen in das trübe, graue Winterlicht. Er fror. Nicht die Wohnung war kalt, die Kälte saß in ihm, und er fürchtete, daß er krank wurde.
Das war eigentlich richtig so, sogar gerecht. Es war ein Grund mehr, Schluß zu machen mit diesen Hirngespinsten, eine Belehrung, eine Strafe, die er sich sogar wünschen konnte. Er hatte nicht viel dagegen, krank zu werden.

Doch so, wie er sich entschlossen hatte aufzustehen, ging er auch zur Apotheke, kaufte Grippetabletten, etwas zum Einreiben und Lutschtabletten für den Hals. Er neigte zu Bronchitis, und das Klima hier war schlecht für ihn, vor allem wenn die Luft stillstand und sich vollsaugte mit den Abgasen der Fabriken, die die Stadt umgaben. Nein, er wollte nicht

krank werden, wollte sich wehren. Nicht, weil er besondere Gründe hatte, nur weil er merkte, wie er allmählich von der Nacht loskam, während er ging.
Der Geschmack der Lutschtablette, der sich in seinem Mund ausbreitete, beruhigte ihn. Er war nicht sehr angenehm und hinterließ an Gaumen und Zunge ein pelziges Gefühl, wie der Anfang einer leichten Betäubung. Diese Empfindung war jetzt sein Mittelpunkt. Dieser unangenehme Geschmack. Auch darum konnte sich die Person sammeln, wie um ein Merkzeichen; hier, das bin ich, ich spüre mich. Vielleicht war das eine Beobachtung, die er für seine Arbeit verwenden konnte. Die banalsten Dinge, die nie beachtet wurden, konnten plötzlich einen neuen Sinn aus sich hervorkehren, einen neuen alten Sinn, etwas, das man vergessen hatte. Er wollte darüber nachdenken und ging ein wenig schneller, fühlte sich angeregt. Er machte einen Umweg durch eine Nebenstraße, bog in eine zweite ein. Auf einmal fiel Schnee, erst nur wie ein Irrtum wenige dünne Flocken, dann plötzlich mit einem zweiten Einsatz heftiger und dichter. Die Straßenflucht war erfüllt von Schneefall. Schneegeriesel bedeckte die Autokarosserien, blieb am Fuß der Bäume liegen, trieb Elsheimer ins Gesicht.
Schnee war die größte heimliche Verwandlung, gerade weil alles weiterging. Die Ampeln wechselten ihre Leuchtfarben, die Autos hielten und fuhren wieder an, eine Müllwerkerkolonne kam durch die Straße, die beiden Prostituierten, die immer bei dem Zigarettenladen standen, hielten sich die Kragen ihrer kurzen Pelzjacken zu, und dicht und stetig fiel der Schnee, und das noch grau durchschimmerte Weiß, das den Boden bedeckte, war für Elsheimer ein Versprechen, das er so wenig verstand wie einen bildlosen Schrecken im Traum.

2. Die Entrückung

An diesem Tag erhielt Elsheimer die Nachricht, daß sein Hamburger Kollege Professor Goldscheider, der Präsident der Pädagogischen Gesellschaft, plötzlich und unerwartet gestorben sei. Elsheimer war von seinem Gang zur Apotheke zurückgekommen und hatte den Telegrammboten an der Haustür gesehen, und mit einer grundlosen, aber ganz sicheren Erwartung, daß nur er gemeint sein könne, war er auf ihn zugegangen.
Gleich im Treppenhaus hatte er den Umschlag aufgerissen und die Nachricht gelesen. Goldscheider war gestern gestorben und würde übermorgen in Hamburg beerdigt werden. Elsheimer als Vizepräsident der Gesellschaft fiel es zu, die Grabrede zu halten. Also mußte er morgen hinfahren.
Er rief sofort Strasser an, seinen Hamburger Kollegen, und sie wechselten die in solchen Fällen üblichen Worte. Goldscheider war noch nicht so alt gewesen, erst Mitte Sechzig, und es hatte offenbar keine besonderen Krankheitszeichen gegeben außer einer Unpäßlichkeit und einer leichten Verstimmung ein paar Tage vorher und dann vermutlich am Todestage selber, denn Goldscheider hätte um die Zeit, als er starb, schon in seinem Institut sein müssen, war also ganz gegen seine Gewohnheit später aufgestanden und dann vor den Augen seiner Frau im Türrahmen zusammengebrochen. Es war den Anzeichen nach eine Embolie gewesen, ein plötzlicher Verschluß der Arterie durch einen Pfropfen geronnenen Blutes. Strasser hatte sich ein wenig damit beschäf-

tigt und wußte zu berichten, daß es sich um einen peitschenartigen Schmerz handele und ein jähes vollständiges Erbleichen, weil der Blutkreislauf unterbrochen war, so daß der Betroffene das Bewußtsein verlor. Goldscheider war schon gestorben, bevor der Notarztwagen eintraf.

Der arme Goldscheider. Er hatte sich wohl übernommen bei der Vorbereitung des Kongresses, der Ende März in Hamburg stattfinden sollte und offenbar das krönende Ereignis seiner Laufbahn hatte werden sollen. Wenn man das Programm ansah, war das ganz unübersehbar. Unverhältnismäßig viele Goldscheider-Schüler aus dem In- und Ausland hielten Referate oder saßen in den Podiumsdiskussionen, und natürlich stammte auch das Rahmenthema »Sprache und Erziehung« von Goldscheider, obwohl Strasser es damals im vorbereitenden Ausschuß vorgeschlagen und begründet hatte, Strasser, der nun neben Elsheimer für die Nachfolge anstand.

Sie wußten das beide, und es bestimmte ihren Umgang, gab ihnen einen höflich vertrauten Ton ein, mit dem sie sich von den Außenstehenden abgrenzten und sich gegenseitig ihren Respekt zeigten, so als seien sie beide bereit, jederzeit dem anderen den Vortritt zu lassen, und als wollten sie auf keinen Fall auf Kosten ihres freundlichen Verhältnisses miteinander konkurrieren.

Trotzdem verglich man sie, und das zwang auch sie, sich heimlich zu vergleichen. Es war wohl so, daß Elsheimer als Vizepräsident der Gesellschaft offiziell einen höheren Rang einnahm, Strasser sich aber in den letzten Jahren durch mehrere Veröffentlichungen wissenschaftlich in den Vordergrund geschoben hatte und in Hamburg als Kollege von Goldscheider auch über die besseren Kontakte verfügte. Es entsprach genau diesem Verhältnis, daß auf Wunsch der Witwe, aber auch nach den Regeln des Protokolls, Elsheimer am Grab sprechen würde und es Strasser zugefallen war, bei

der späteren Trauerfeier in der Universität Goldscheiders Verdienste als Wissenschaftler und akademischer Lehrer zu würdigen. Elsheimer nahm diese Regelung, die Strasser ihm noch wie einen veränderbaren Vorschlag unterbreitete, sofort widerspruchslos an. Er hätte sich augenblicklich auch nicht imstande gefühlt, mit einer haltbaren Würdigung Goldscheiders aufzuwarten.
Sie sprachen noch über das Hotel, in dem Elsheimer wohnen sollte. Er hatte an den Reichshof gedacht, aber Strasser schlug Loews Plaza vor, weil im März dort auch die Kongreßteilnehmer wohnen sollten. Elsheimer hätte dann Gelegenheit, sich die Zimmer und Aufenthaltsräume des Hotels anzusehen und zusammen mit Strasser das Kongreßzentrum zu besichtigen, das gleich neben dem Hotel lag.
»Gut«, hatte er gesagt, »lassen Sie doch bitte ein Zimmer für zwei Nächte reservieren, zunächst einmal.«
Die ganze Zeit, während sie sprachen, hatte er noch etwas anderes gedacht: Die Anruferin wohnte in Hamburg, und er würde sie sehen können.

Was er davon erwartete, hätte er nicht genau sagen können. Er dachte nur, daß er leicht, ohne weitere Begründung, ein oder zwei Tage länger in Hamburg bleiben konnte und hinter allem, was ihm zunächst bevorstand an Feierlichkeiten, offiziellen Reden und Kollegengeschwätz, noch etwas anderes auf ihn wartete, etwas Verborgenes, ein ungelüftetes Geheimnis, dem vorsichtig sich zuzuwenden er sich immerhin noch erlauben wollte, allerdings nur, um dann, nach seiner Entschleierung, einen Schlußstrich unter die Affäre zu ziehen.
Wie das geschehen sollte, konnte er sich nicht vorstellen. Er hielt nur daran fest, daß etwas Unangenehmes sich zeigen würde, das für ihn und vielleicht auch für sie ein hinreichender Grund war, die Sache zu beenden. Es würde nicht

gehen, nicht passen, die Einsicht, die er jetzt schon hatte, mußte sich verdeutlichen. Aber zunächst dachte er nur an den Anfang des Endes, auf das er hinauswollte: ein kleines Café, vielleicht in einem abgelegenen Stadtteil, wo man ihn nie vermuten würde, dort würde er sitzen und auf sie warten, und dann würde sie kommen.
An diesem Punkt erlosch seine Vorstellung. Es war, als warte er auf nichts. Doch dieses Nichts berührte ihn und täuschte ein Alles vor, das ebenso leer wie verlockend war. Schon deshalb mußte er sie kennenlernen. Es war ein notwendiger Schritt in einer Strategie der Ernüchterung.

Er hatte diesen Entschluß in sich einsinken lassen und sich dann in dem Gefühl, er könne sonst noch gezwungen sein, ihn sich wieder auszureden, davon abgewandt. Es gab einiges zu tun. Er mußte ins Institut fahren und sich Goldscheiders Bibliographie holen und vor allem zwei frühe Aufsätze heraussuchen, die er noch einmal nachlesen wollte. Denn obwohl er nur die Grabrede halten mußte, wollte er doch das eine oder andere Zitat einflechten, vielleicht eins aus den allerersten Arbeiten Goldscheiders und eins aus seinen letzten Veröffentlichungen, um die übergreifende Idee zu zeigen, unter der dieses Leben gestanden hatte. Nachmittags, in seinem Arbeitszimmer, legte er sich Sätze zurecht, mit denen er die Rede eröffnen konnte. Schließlich kam er auf eine Formulierung, die vielleicht ein wenig üppig klang, die ihm aber doch sehr gut gefiel: »Der Tod, die Tatsache, die uns schweigend widerspricht, legt uns nahe zu verstummen und fordert uns heraus zu sprechen.« Gut, das klang gut. Es hatte eine überraschende dialektische Bewegung. Er summte es leise vor sich hin: Der Tod, die Tatsache, die uns schweigend widerspricht... Da konnte er sofort weiterschreiben. Die Rede würde vermutlich auch veröffentlicht werden. Strassers Sekretärin rief an und bestätigte die Reservierung des Zimmers.

»Du bist so heiter«, sagte seine Frau. »Ich denke, du fährst zu einer Beerdigung.«
»Ja«, sagte er, »aber ich bleibe ein paar Tage länger, wegen der Vorbereitung des Kongresses.«
»Und das macht dich so fröhlich?«
»Ja«, sagte er, »wir werden zusammen hinfahren, im März.«
»Das könnte ich machen«, sagte sie. »Dann fahre ich anschließend noch nach Lübeck zu Elisabeth.«
Er ging in sein Zimmer, um seinen Koffer zu packen, verwundert darüber, wie leicht sich alles fügte. Sie dachte nun schon an die Reise im März, und er hatte ganz selbstverständlich ein paar Tage gewonnen, um sich in Hamburg mit dieser Frau zu treffen. Nur einmal. Er wollte sie sehen, eine Weile mit ihr reden, und vielleicht erledigte sich die ganze Angelegenheit dabei von selbst. Dann würde er einfach noch einige Tage ans Meer fahren. Er würde dort stundenlang spazierengehen, um seine empfindlichen Bronchien zu lüften, und abends im Hotelbett ein paar Kriminalromane lesen, was er lange nicht mehr getan hatte und was jetzt, während er daran dachte, alle anderen Vorstellungen verdeckte.
Was brauchte er am Meer? Einen warmen Pullover, die gefütterte Windjacke, wasserdichte Schuhe, besser Gummistiefel, aber die würde man vielleicht dort leihen können. Es paßte ohnehin nicht alles in den Koffer, zusammen mit dem schwarzen Anzug und anderem Gesellschaftskram. Wenn er morgen mit zwei Koffern losfuhr, würde seine Frau ihn fragen, ob er auf eine Weltreise ginge.
Jede Reise ist eine Weltreise, dachte er. Das könnte er ihr antworten. Übergangslos geriet er wieder in die Phrasen seiner Grabrede hinein. »Der Tod ist die Tatsache, die uns schweigend widerspricht...« Jeder Erzieher ist ein Spracherzieher: das war Goldscheiders Idee gewesen. Lebenlernen heißt Sprechenlernen. Im Grunde konnte Strasser in der Universität auch nichts anderes sagen. Und die Referate und

Podiumsdiskussionen im März würden nichts anderes zutage fördern. Man mußte vielleicht das letzte Stöhnen Goldscheiders über Lautsprecher in den Saal übertragen. Aber auch das würde niemanden umwerfen. Sie würden sofort weiterreden über nonverbale Kommunikation. Er mußte grinsen über diesen Einfall. Ob er das Strasser erzählen konnte? Oder irgendeinem anderen? Oder würden sie es nur geschmacklos finden? Er war sich gar nicht mehr so sicher. Er war in der letzten Zeit zu viel allein.
Plötzlich fiel ihm ein, daß er die Frau benachrichtigen mußte, damit sie da war und auf ihn wartete. Am besten mit zwei kurzen sachlichen Sätzen: »Ich komme beruflich nach Hamburg und möchte Sie gerne sehen. Rufe Freitagnachmittag an.« Das klang vielleicht ein bißchen zu fordernd, zu drängend, und es war wohl richtiger, wenn er »... würde Sie gerne sehen...« schrieb. Seine Hoteladresse wollte er ihr nicht geben. Dann nämlich hatte er eine Wand, hinter der er sich verbergen konnte, solange er wollte.

Er ging nach vorne, um seiner Frau zu sagen, daß er noch zum Briefkasten wolle. Sie stand, als er eintrat, am Erkerfenster des Wohnzimmers und blickte nach draußen in den Schneefall, der wohl gerade wieder begonnen hatte, ein geisterhaftes Vorbeigleiten hinter der großen Scheibe.
»Du, ich komm mit«, sagte sie, »dann können wir noch durch den Park gehen. Es schneit so schön.«
Den Brief hielt er in seiner Manteltasche fest, während seine Frau sich bei ihm einhängte. Sie schien zärtlich gestimmt zu sein, lehnte sich an ihn. Langsam, mit vom Schnee gedämpften, gemessenen Schritten gingen sie Arm in Arm durch die abendliche Straße, in der viele Fenster erleuchtet waren. Sie kamen über den kleinen Platz, der an den Park grenzte, und kurz vor dem Briefkasten ließ sie seinen Arm los. Er spürte, wie ihm der Brief aus den Fingern glitt, fast so, als würde er

von innen fortgenommen. Die Verschlußklappe fiel zu. Seine Frau stand drei Schritte weiter im Laternenlicht, versunken in den Anblick der Schneeflocken, die sich auf ihrem Mantel und in ihren Haaren festsetzten. Sie lächelte ihn an, als er auf sie zutrat, und nahm wieder mit zutraulicher Bestimmtheit seinen Arm.

Ich bin ein Verräter, dachte Elsheimer.

Sie bogen in den Park ein. Es war dunkler hier, ein Areal der Abgeschiedenheit und Stille, auf dessen weißen Wegen noch niemand gegangen war. Die Lichter der Straßen schimmerten durch die Baumkronen, und im Inneren des Parks sank unsichtbar und lautlos der Schnee auf die weißen Rasenflächen. Ein Hund jagte dort schattenhaft herum, umkreiste in weiten Bogen seinen Herrn, der unbeweglich auf der Fläche stand, dann ein paar Schritte weiterging. Seinen Bewegungen nach war der Hund ein junges Tier, das erregt durch den Schnee war und manchmal mitten im Lauf nach den Flocken schnappte. Plötzlich, als er näher an den Weg herankam, hielt er an und blickte zu ihnen herüber, kam dann neugierig und schwanzwedelnd näher und schnupperte an den Knien von Elsheimers Frau.

»Na, Hundchen«, sagte sie und beugte sich ein wenig vor, und das Tier, ein junger Schäferhund, sprang begeistert mit tapsigen Seitensprüngen vor ihnen hin und her und stob auf einen kurzen Pfiff seines Herrn wieder über die Schneedecke davon.

Sie blickten ihm beide nach und sahen dann jeder für sich wieder in das Geflirre über dem Weg und zwischen den Sträuchern, und manchmal schauten sie gemeinsam auf ihre Füße herab, die im gleichen langsamen Rhythmus in den lockeren, unberührten Schnee traten. Elsheimer spürte, wie die Hand seiner Frau zweimal zärtlich seinen Arm drückte und leicht wie vorher dort liegenblieb.

»Woran ist Goldscheider eigentlich gestorben?« fragte sie.

»An einer Embolie.«
»Viel zu früh im Grunde. Er hatte noch so viel vor.«
»Ja«, sagte er.
Es fiel ihm schwer, aufmerksam zu sein. Erregt spürte er den körperlichen Einklang mit seiner Frau. Das war nicht nur stärker als sonst, sondern auch unvertraut, als käme es anderswoher und etwas Fremdes mische sich bei ihnen ein, während sie sich im Gehen aneinanderschmiegten, etwas, das sie trennte und blind zusammenschloß, so daß der Gleichschritt, in dem sie gingen, zu einer unerlaubten Täuschung wurde.
»Brita«, sagte er.
Es war nicht ungewöhnlich, daß er sie mit ihrem Vornamen ansprach, aber es kam ihm jetzt so vor.
»Was ist?« sagte sie ein wenig verwundert.
Er war stehengeblieben und blickte in die matte Helligkeit ihres Gesichtes. Ihre Augen sahen dunkel aus, wie von einer anderen Frau.
»Möchtest du nicht mitfahren morgen?«
»Möchtest du?« fragte sie zurück.
»Ja«, sagte er, sah aber weg und zog sie unwillkürlich weiter. Beide hatten sie wieder den Kopf gesenkt und schauten auf ihre Füße, die in dem tiefer werdenden Schnee allmählich einsanken.
»Ich weiß nicht«, sagte sie. »Wir hätten doch keine Zeit für uns. Und ich muß ja auch hierbleiben wegen Tina.«
Verwirrt fühlte Elsheimer seine Erleichterung.

Auch als er am nächsten Morgen das Haus verließ, um in das wartende Taxi zu steigen, und dann als er in den Zug eingestiegen war und wie gewünscht in einem Großraumwagen einen einzelnen Platz gefunden hatte, wo niemand versuchen konnte, ihn anzusprechen, fühlte er Erleichterung. Er war nun auf dem Weg, und alles würde seinen Lauf nehmen. Alles, was er sich zugestand, konnte nun geschehen und würde nicht mehr vereitelt werden. Und weil er das wußte, konnte er es vergessen und wegsinken lassen in eine angenehme Halbbewußtheit.

Er ließ sich einen Kaffee servieren und schaute nach draußen in die graue, von einem stumpfweißen Wirbeln erfüllte Luft über der Eintönigkeit der verschneiten Felder. Je weiter der Zug nach Norden fuhr, um so tiefer schien das Land unter dem Schnee zu versinken. Manche Bachläufe sahen wie verschneite Hohlwege aus, und an den Rändern der Landstraßen häuften sich von Räumpflügen aufgeworfene, wolkenartige Schneewälle, zwischen denen langsam wenige Autos dahinkrochen. Auch sie trugen Schneehauben, standen mit schlagenden Wischern an den Bahnübergängen. Auf den kleinen Stationen, die der Zug durchfuhr, waren auf den Bahnsteigen schmale Trampelpfade durch den Schnee geschaufelt, wurden aber schon wieder zugeschneit. Außerhalb der Ortschaften tauchte der Zug in eine weite Leere ein und schien sich vorwärtszupflügen durch immer tieferen Schnee und wachsenden Widerstand. Lange, sprühende Schneefahnen wehten am Fenster vorbei, stäubende Schleier, die der Fahrtwind von den Aufschüttungen und Verwehungen neben der Strecke hochriß und gegen die Scheiben preßte. Knisternd trieben Schneekristalle über die Fenster, bildeten strahlige Muster, setzten sich in den Ecken fest und ließen kaum den Blick frei auf vorbeihuschendes Baumgestänge, fliegende Vögel auf der Suche nach Nahrung, tief überwehte Böschungen und Gräben, aus denen versunkenes besenartiges Gestrüpp hervorlugte, und die weiße Unbestimmtheit der Ebene unter dem grauen, schuppigen Licht, das noch nicht von der Dämmerung herrührte, sondern von dem pausenlos niedersinkenden Schnee, der dicht wie ein Erstickungsanfall die Luft durchsetzte.

Elsheimer sah lange hinaus, gedankenlos und bald unfähig

zu denken, ein Buch zu lesen oder die Grabrede im Kopf noch einmal durchzugehen. Er wollte nur zusehen, wie draußen vor dem Fenster die Welt verschüttet wurde und mit seiner Zustimmung, ja so, als würde ihm ein heimlicher Wunsch erfüllt, immer leerer und weiter wurde, tödlich und anhaltslos.

Der Zug war mit erheblicher Verspätung in Hamburg-Dammtor angekommen, aber Strasser war trotzdem auf dem Bahnsteig, nahm ihm gegen seinen Einspruch einen Koffer ab und ging mit ihm die wenigen Schritte zum Hotel hinüber, wo sie dann auch zusammen zu Abend aßen und die Ereignisse der nächsten beiden Tage besprachen. Strasser wußte Neues über Goldscheiders Tod zu berichten, denn heute war die Leiche obduziert worden, und Strasser hatte schon mit der Witwe gesprochen, mit der er seit Jahren gut bekannt, ja befreundet war. Die Embolie war zwar die Todesursache gewesen, aber man hatte auch ein Karzinom im Zwölffingerdarm gefunden und schon zahlreiche Metastasen in der Lunge und an der Wirbelsäule. Das war also Goldscheiders schleichender, langsamer Tod, der nicht zum Ziel gekommen war, weil ihn der schnelle Tod durchkreuzt hatte. »Man könnte meinen, aus Barmherzigkeit«, sagte Strasser. Und so sah es auch die Witwe. Sie hatte daraus einen Trost gewonnen.

Vielleicht hatte Elsheimer etwas zu viel von dem schweren Burgunder getrunken. Oder es waren die Reise und das Wetter, was er spürte. Denn er schwankte etwas, als er sich von Strasser verabschiedete. Benommen stieg er in den Fahrstuhl und fuhr in das 26. Stockwerk, zusammen mit zwei Männern, die beim Zwischenhalt ausstiegen, wo ein junges Paar in Abendgarderobe hereindrängte, das sich an der Seitenwand aufstellte und flüsternd seine Unterhaltung fortsetzte. Sie wollten wohl in die Bar im Dachgeschoß, denn sie fuhren noch weiter, als Elsheimer ausstieg. Er ging

über den leeren Flur in sein Zimmer und trat, ohne Licht zu machen, an das große Panoramafenster, wo weit unter ihm im Schneedunst die Stadtlichter glommen wie ein weit zerstreutes, von Nässe halb gelöschtes Feuer.
Dort unten wohnt sie, dachte er, irgendwo. Mein Brief wird sie morgen erreichen. Sie wird mich erwarten.
Jetzt war sie noch unsichtbar für ihn. Die Stadt verbarg sie. Diese riesige glimmende Lichterfläche war die Gestalt, die das Geheimnis angenommen hatte. Es war gesichtslos wie sie, ohne Mittelpunkt. Es sagte ihm, daß er allein war. Und daß er sich immer geweigert hatte, das wahrzunehmen. Wofür es eine Strafe gab, die man tückischerweise auch nicht zu bemerken brauchte – denn es war die Blindheit, die schützende Blindheit für das Leben.
Ich könnte sie anrufen, dachte er, auch wenn sie meinen Brief noch nicht bekommen hat. Er brauchte nur ihre Nummer zu wählen, und von dort unten aus der Stadt würde ihre Stimme zu ihm heraufdringen, ganz nah, und wenn er wollte, wirklich auch erreichbar.
Nein, ich bin zu müde, sagte er sich. Ich muß heute nacht schlafen. Morgen ist die Beerdigung und die Trauerfeier in der Universität. Es wird ein anstrengender Tag werden. Das Geheimnis konnte noch etwas länger ein Geheimnis bleiben.
Er zog sich aus. Im Bett liegend rief er noch seine Frau an. Sie sprachen über den Schneefall, der teilweise, vor allem in Norddeutschland, das Ausmaß einer Katastrophe hatte. In der Tagesschau hatte es Bilder gegeben von eingeschneiten Ortschaften und feststeckenden Fahrzeugkolonnen. Nun, er war jedenfalls sicher in Hamburg angekommen. Er erzählte noch von Goldscheiders Obduktion und daß sich herausgestellt habe, daß er total verkrebst gewesen sei.
»Wie scheußlich«, sagte sie. »Gut, daß er nichts davon gewußt hat.«
Er stimmte ihr zu. Beide wollten sie nicht länger darüber

reden. Als sie sich verabschiedet hatten, dachte er noch daran. Wie war es möglich, daß im Körper eine so gewaltige Veränderung vor sich ging, ohne daß die Person etwas davon wußte? Vielleicht feuerten die Nervenzellen ununterbrochen ihre Notsignale, doch das Gehirn konnte sie nicht in Gedanken fassen. Es träumte vermutlich seinen Tod, aber es verstand seine Träume nicht, wollte nichts von ihnen wissen. Es hatte die Sprache erfunden als einen Schutz gegen das vollkommene Wissen, von dem es bedroht wurde und das vor all seinen Eingängen stand und hereindrängte.
Im Einschlafen verzerrte sich dieser Gedanke zu einem unverständlichen Widerspruch. Das Wort »Blauer Satellit« trat an seine Stelle. Elsheimer erwischte noch die Einsicht, daß es sich um den Namen der Bar im Dachgeschoß handele. Aber es war auch das Gehirn. Der Blaue Satellit war das Gehirn. Es befand sich über ihm, außerhalb seines Kopfes. Dort tanzte jetzt das Paar aus dem Aufzug als eine Gestalt vollkommenen Wissens.

Er fühlte sich gut ausgeschlafen, als er wach wurde. Noch vor dem Frühstück rief Strasser an, der vorschlug, zwanzig Minuten früher als verabredet mit dem Wagen vorbeizukommen, denn die Verkehrsverhältnisse seien ziemlich schlecht. Die Beisetzung fand auf dem Zentralfriedhof in Ohlsdorf statt, und Strasser rechnete mit einer Stunde Fahrt. Es schneite schon wieder, als sie ankamen. Die Trauergäste standen vor der Friedhofskapelle, um der Witwe und den Angehörigen Goldscheiders, die noch nicht da waren, den Vortritt zu lassen. Elsheimer kannte einige der Wartenden und gab ihnen die Hand. »Was für ein Wetter«, flüsterte man sich zu. Die Witwe erschien, begleitet von ihren beiden erwachsenen Söhnen. Hinter ihnen schob sich alles in die Kapelle und besetzte die Stuhlreihen oder stellte sich zu beiden Seiten der Tür an der Wand auf.

Elsheimer saß in der ersten Reihe neben Strasser und beobachtete den Pfarrer, der vor der Witwe und den Söhnen Goldscheiders stand und sich bemühte, zwei Begriffe miteinander in Verbindung zu bringen: die Trauer und die Freude. Auch ein Harmoniumspieler war da, dünner Gesang wurde angestimmt, der Pfarrer sprach die Gebete. Dann kamen die Totengräber und fuhren den bekränzten Sargwagen mit Schwierigkeiten und kleinen Stockungen über einen notdürftig freigeschaufelten Weg zur Grabstätte, wo der Sarg über zwei Seile hinabgesenkt wurde. Wieder sprach der Pfarrer ein Gebet und machte dann Elsheimer Platz, der mit gezogenem Hut vortrat und einen Moment lang vor sich in das offene Grab blickte.

Der Sarg stand unten auf dem beschneiten Boden wie in einer Paßform, die Seitenwände des Grabes waren ausgeschlagen mit Tannengrün. Tot, tot, tot, dachte Elsheimer, als stimme er seine Gedanken ein, striche in sich den Kammerton seiner Rede an. Doch er konnte sich nicht vorstellen, daß in dem polierten Holzkasten unten Goldscheiders Leiche liege. Durch das Schneegestöber blickte er auf die wartenden, dunkel gekleideten Menschen, die dichtgedrängt, als wollten sie sich aneinander wärmen, auf dem Weg und zwischen den Gräbern standen. »Der Tod, die Tatsache, die uns schweigend widerspricht...« hörte er sich sagen, mit einer Stimme, die nicht durchdrang, vielleicht nur von den ersten verstanden wurde. Doch es war wohl gut, daß dieser erste Satz verlorenging und er nun anders weitersprechen konnte, nach einer kurzen atemholenden Pause, in der er plötzlich sah, daß fast alle Männer die Hände vor ihrem Leib zusammengelegt hatten, und er sich gewaltsam losreißen mußte von diesem Eindruck.

Er sprach schon wieder, hatte jetzt mit dem Namen des Toten begonnen und fand mühelos eine Beziehung zu seinem ersten Satz. Er brauchte die Rede, die er sich zurechtgelegt

hatte, nur ein wenig zu variieren, so als habe er den Wortlaut vergessen und hole ihn neu aus sich hervor. Allmählich merkte er, wie er zurückwuchs in seine Rolle, die er in der letzten Zeit verlernt oder verloren hatte. Er war Vizepräsident einer wissenschaftlichen Gesellschaft, und dort unter den lauschenden Menschen standen seine Schüler und Kollegen. Er glaubte ihrer Haltung und ihren ihm zugewandten Gesichtern anzusehen, daß er seine Sache gut machte, daß er würdig sprach, persönlich, mit Worten, die von Betroffenheit und Anteilnahme zeugten, obwohl er wußte und es sich zugestand und zunutze machte, daß es eigentlich erst die Worte waren, die diese Gefühle in ihm erzeugten.
Schließlich war er fertig und trat zurück. Der Pfarrer vollzog den letzten Teil der Zeremonien und schritt beileidwünschend auf die Witwe und ihre Söhne zu. Elsheimer folgte als nächster und hielt die Hand der Witwe länger, als er erwartet hatte, in seiner Hand.
»Sie haben so schön gesprochen, Herr Elsheimer. Ich danke Ihnen.«
Ihre Stimme schwankte. Die Augen unter dem Schleier schienen einen Ausweg zu suchen. Er verbeugte sich stumm und trat beiseite.
Ein Gefühl von Gemessenheit blieb ihm, eine steife, ein wenig gravitätische Zurückhaltung, mit der er den Tag zu überdauern hoffte. Er hatte seine Aufgabe erfüllt, hatte eine allgemein gut aufgenommene Rede gehalten und konnte jetzt wohl für sich beanspruchen, ein wenig schweigsam zu sein und mehr vom Rand her, zustimmend und zuhörend, an den Unterhaltungen teilzunehmen.
Es gab zunächst einen Imbiß im Hause des Verstorbenen. Die Witwe hatte Elsheimer und einige Universitätskollegen und Freunde ihres Mannes dazu eingeladen. Alle zeigten sich begeistert von der heißen Suppe, die von zwei jungen

Damen der Verwandtschaft auf Tabletts herumgetragen wurde.
»Das ist jetzt genau das richtige, um die durchfrorenen Glieder aufzutauen«, sagte einer der älteren Gäste, der sich dann als Bruder der Witwe und pensionierter Schulrat entpuppte. Seine laute, ja gutgelaunte Bemerkung gab das Startzeichen für eine allgemeine geräuschvolle Unterhaltung. Alle redeten durcheinander, und hier und da wurde sogar gelacht.
Elsheimer, der sich bei den angebotenen Salaten bediente, kam mit einer jungen Dame ins Gespräch, jüngste Tochter einer Kusine von Goldscheider, wie sie ihm erklärte. Sie machte im nächsten Jahr ihr Abitur, wußte noch nicht, was sie danach studieren sollte. Es gelang ihm, sie bei sich festzuhalten mit dem üblichen Gespräch über Studienplätze und Berufsaussichten. Er sah, daß sie sich langweilte und sich eine falsche Lebhaftigkeit, einen beflissenen Ernst abzwang. Sie fühlte sich wohl ihrer Familie verpflichtet, und er war immerhin ein wichtiger, respektabler Gast. Er brachte sie auch dazu, mit ihm die Münzsammlung Goldscheiders zu betrachten und sich anzuhören, was er über das Sammeln sagte. Sammeln, ursprünglich die Haupttätigkeit der Menschen im Dienste der Nahrungssuche, war zu einer symbolischen Ersatzhandlung geworden. Es diente der Verstärkung des Ichs, füllte es auf mit emotional beladenen Objekten und repräsentierte es nach außen.
Sie sah ihn an mit angespannter Aufmerksamkeit und täuschte ihm oder sogar sich selbst Interesse vor. Möglicherweise dachte sie auch, daß man so über die Liebhabereien eines Toten nicht sprechen dürfe, und befand sich in einem Konflikt mit ihrer Höflichkeit, der sie anstrengte und verwirrte, wußte aber nicht, wie sie sich aus dieser Unterhaltung befreien sollte. Schließlich kam die andere junge Frau, vielleicht ihre Schwester, und sagte, mit einem entschuldi-

genden Lächeln gegenüber Elsheimer, sie würde in der Küche gebraucht.
Es gab Kaffee und Kuchen. Anschließend wollten alle zur Gedenkfeier in die Universität fahren. Die Witwe, die sich zwischendurch zurückgezogen hatte, erschien wieder und lud Elsheimer ein, zusammen mit ihr und ihrem Bruder im Wagen eines ihrer Söhne zu fahren. Es schneite immer noch.

Als sie ausstiegen, sahen sie Strasser auf das Gebäude zustreben. »Alles schon ein bißchen spät«, rief er, als wolle er sie antreiben, und ging eilig voraus. Der Saal war nur halb gefüllt, und der Dekan mit Amtskette, aber ohne Talar, der sie am Eingang erwartet hatte, berief sich auf das fürchterliche Wetter, als empfände er die leergebliebenen Stuhlreihen als seine eigene Schuld.
Wieder saß Elsheimer in der ersten Reihe, neben sich den Dekan. Als es im Saal still geworden war, trat von der Seite ein Quartett auf und spielte ein Adagio. Elsheimer hatte versäumt, im Programm nachzulesen, worum es sich handelte. Er hatte das Programm wohl in die Brusttasche gesteckt. Gedankenlos betrachtete er die Blumenarrangements, die das Podium und das Rednerpult verkleideten. Der Dekan war nach oben gegangen, begrüßte die Witwe, sprach über den Verlust, den Goldscheiders Tod für die Universität bedeute, erwähnte seine persönliche Betroffenheit durch den Verlust eines Freundes.
Elsheimer hörte nur halb zu, weil er daran dachte, daß nach der Veranstaltung noch ein Essen für einen kleinen Professorenkreis stattfand und daß man selbstverständlich mit ihm rechnete. Sie sahen in ihm einen bedeutenden Ehrengast. Vor Widerwillen krümmte er die Zehen in seinen Schuhen und ballte heimlich die Fäuste. Strasser redete inzwischen. Er zeigte die unerfüllten Perspektiven in Goldscheiders Konzeption. Es war eine annektierende Rede, die einen An-

spruch auf Nachfolge anmeldete. Elsheimer bemerkte mit hämischer Zufriedenheit, daß ihm das gleichgültig war. Es war ihm wirklich gleichgültig. Sie sollten machen, was sie wollten, wenn er nur bald verschwinden konnte.
Das Quartett spielte wieder, irgendeinen anderen langsamen Satz. Er beschloß, nicht nachzusehen, was es war, sondern den Programmzettel nachher unbesehen wegzuwerfen. Er würde ihn zerknautschen und in den Schnee fallen lassen, und allmählich würde er unter neuem Schnee begraben werden. Wenn die Schneeschmelze kam, würde er sich im Schmelzwasser auflösen und wegfließen. Er dachte das nebenbei, als sei er hinter sein Denken zurückgetreten, und die Musik dudelte und summte dazu und führte den Gedanken zu Ende. Auf einmal saßen die Musiker reglos und in sich zusammengesunken auf dem Podium, und nach angemessener Pause erhob sich alles und verließ den Saal. Im Hinausgehen sagte Elsheimer dem Dekan und Strasser, die beide auf ihn zukamen, man möge ihn für den Abend entschuldigen, er fühle sich nicht wohl.

Sie hatten ihn noch ins Hotel bringen wollen, aber das hatte er abgelehnt. Es war ja nicht weit, er konnte allein gehen. Hartnäckig, geradezu schroff hatte er sich gegen ihr Angebot, ihn zu begleiten, gewehrt, so daß sie schließlich ein wenig befremdet von ihm abließen. Trotzdem hatten sie noch vorgeschlagen, er solle nachkommen, wenn er sich erholt habe.
Er atmete auf, als er allein war. Nun war er frei, konnte tun, was er wollte. Langsam ging er durch die Dunkelheit, vorbei an hochgeschaufelten Schneewällen, die den Gehsteig von der Straße trennten. Er wollte nicht sofort ins Hotel zurück und ging ein Stück in Richtung der Innenstadt. Er kannte diese Straßen, war vor ein paar Jahren, auch in der Dunkelheit, denselben Weg gegangen. Aber jetzt sah alles anders

aus, obwohl sich wahrscheinlich nichts verändert hatte. Es war eine vom Schnee verschüttete kulissenhafte Welt, in der ihm nur wenige vermummte Menschen begegneten, während er mit kurzen stapfenden Schritten durch den weichen, frisch gefallenen Schnee ging. Noch heute abend würde er die Frau anrufen, am besten von der nächsten Telefonzelle aus. Er wollte ihr sagen, daß er jetzt Zeit habe und hoffe, sie gleich sehen zu können, und vielleicht war sie auch damit einverstanden, daß er sofort in ihre Wohnung kam.
Tu das nicht, dachte er, sei vorsichtig. Es war nicht klug, sich in eine solche Situation zu begeben, bevor er nicht wußte, was ihn erwartete, was für eine Frau sie war.
Im gleichen Moment, als er sich diesen Einwand machte, wußte er, daß es ihm gleichgültig war, wie sie aussah oder auch wie alt sie war. Er wollte es auf keinen Fall vorher wissen, wollte sich blind jeder denkbaren Möglichkeit ausliefern. Gerade das erregte ihn, daß er sich bereit fühlte, sich auf alles einzulassen. Nein, er hatte doch einen Wunsch: Sie sollte nicht schön sein. Keine glatte, gepflegte Schönheit, von der Kälte ausging. Sie mußte irgendeinen Makel haben, einen Widerspruch, etwas Unharmonisches, etwas, das gegen das Übliche verstieß. Verlangte er nach einer häßlichen Frau? Nicht unbedingt das. Wenn er erst bei ihr war und die Tür hinter sich geschlossen hatte, würde es schön und häßlich nicht mehr geben, nur Arme, die ihn empfingen, weiche, füllige oder magere Arme oder Arme mit dem lockeren Fleisch älterer Frauen, die ihn wortlos an sich zogen, in einer engen Kammer, in der es ohnehin kein Ausweichen gab. Ja, sie war vielleicht schon älter, hatte gefärbte, strähnige Haare. Sie hatte sich keine Mühe gegeben, sich für ihn zurechtzumachen. Sie hatte gewußt, es wäre falsch gewesen, ein letzter Rest von gesellschaftlichem Vorwand, den es zwischen ihnen nicht gab. Sie würden sich ansehen. Ihre Augen hatten eine unbestimmte Farbe. Ihre Haare waren vielleicht

schwarz. Er konnte sich nichts weiter vorstellen, nur ein Ineinanderversinken, entsetzt und hingerissen, das er sekundenlang als ein Verschmelzen zweier leerer Flächen vor sich in der Luft zu sehen glaubte, bevor der langsam fallende Schnee und die Stadtlichter wieder in seinen Blick kamen und er stehenblieb, als habe er sich angehalten, nicht nur im Gehen, sondern auch in seinen Gedanken. Was rennst du hier rum, sagte er sich, das ist doch abwegig. Geh ins Hotel zurück, dann kannst du sie anrufen, wenn du willst.
Er war jetzt ruhiger. Das Telefon stand neben ihm auf dem Nachttisch, daneben lag der Zettel mit ihrer Nummer. Er hatte die Schuhe abgestreift und sich, ein Kissen im Rücken, auf das Bett gesetzt. So blieb er eine Weile in dem Gefühl, alles müsse sich erst ordnen, aber er könne nichts dazu tun. Zweimal blickte er auf die Uhr, und jedesmal waren genau fünf Minuten vergangen. Er hatte an nichts gedacht und sich nirgendwohin geträumt, hatte auch keine Empfindung von Anwesenheit. Wie beim Einschlafen war das Zimmer vor seinen Augen zergangen. Doch seine Augen waren offen geblieben, und so kam es ihm vor, als sei vorübergehend die Sichtbarkeit aus den Dingen verschwunden und dann wie eine geheimnisvolle Substanz wieder in sie eingedrungen.
Das Zimmer umgab ihn, entzog sich, war wieder da. Seine Beine lagen ausgestreckt auf der Bettdecke, seine Schulterblätter und sein Nacken drückten gegen die Wand. Jetzt ruf' an, sagte er sich, und zu seiner Versicherung griff er nach dem Zettel, auf dem die Nummer stand.

Schon der Ton, mit dem sie sich meldete, enttäuschte ihn. Er klang abwehrend, kurz, ungeduldig gegen die Störung, und ohne im mindesten die Stimme zu heben, nahm sie zur Kenntnis, daß er da war. Ja, sie hatte heute seine Nachricht bekommen. Der Brief sei ja reichlich kurz ausgefallen, gerade das Nötigste. Er müsse wohl sehr in Eile gewesen sein.

Ja, das gab er zu, er sei in Eile gewesen. Er habe vor seiner Abreise noch eine Rede entwerfen müssen, eine Begräbnisrede.
»Eine Begräbnisrede?«
Ja, er sei zu einem Begräbnis hier.
Sie zeigte kein weiteres Interesse.
Ja, ein Kollege von ihm sei gestorben, Professor Goldscheider, ein berühmter Mann.
»Ach so.«
Sie hatte nichts davon gehört, kannte auch den Namen nicht.
»Wollen wir uns denn morgen sehen?« fragte sie.
Es war ein wenig mehr Leben in ihre Stimme gekommen. Doch es klang nur so, als sei sie bereit, ihm einen Gefallen zu tun. Unsicher, aber in dem Wunsch, die Situation zu ändern und alle Widerstände beiseite zu schieben, sagte er: »Ich habe gedacht, wir könnten uns gleich sehen.«
Gleich? Nein, das ginge nicht. Sie habe mit morgen gerechnet. Sie sei nicht darauf eingerichtet.
Er verstand nicht. Was hieß das? Sie konnten sich doch in der Stadt treffen. Dazu brauchte man keine Vorbereitung.
»Nein«, sagte sie, »es geht nicht.«
Er wagte nicht, weiter zu fragen, und verstummte. Er war nicht nur enttäuscht, daß er sie jetzt nicht sehen konnte, sondern zugleich und noch viel mehr darüber, daß sie anscheinend doch nicht die Frau war, die er sich vorgestellt hatte, sondern irgendeine banale, kalte Person, die seine verrückten, erregten Phantasien, auf die er sich einlassen wollte, nicht zu rechtfertigen schien.
Aber sie war doch bisher anders gewesen, so anders.
Plötzlich kam ihm ein Einfall, der den Widerspruch löste.
»Sind Sie nicht allein?« fragte er leise.
»Nein«, sagte sie.
Ihre Antwort kam so prompt, daß er den Verdacht hatte, sie habe seinen Einfall einfach aufgegriffen. Warum schließlich hatte sie es nicht gleich gesagt? Aber andererseits war das die

beste Erklärung für ihre seltsame Veränderung. Nur, daß er jetzt annehmen mußte, sie sei mit einem Mann zusammen.
Er schwieg. Was hatte sich nun verändert? Worauf mußte er sich einstellen? Sie war jetzt noch ungreifbarer als vorher. Zog sie nur irgendwelche Register, wenn sie mit ihm sprach? War sie vielleicht eine Nutte, die gerade einen Kunden bediente? Aber was wollte sie dann von ihm, was hatte sie von ihm gewollt?
Morgen wird es sich klären, dachte er. Ja, morgen.
Die Aussicht beruhigte ihn wie ein gütiges Versprechen. Er brauchte nicht mehr lange zu warten. Endlich war es soweit. Sobald er sie sah, konnte er herausfinden aus dem Schwebezustand der letzten Wochen, und er würde wieder er selbst sein.
»Ich bin morgen ab Mittag frei«, sagte er. »Wo kann ich Sie dann treffen?«
Sie überlegte, nannte dann ein Café in der Innenstadt. Dort solle er um 15 Uhr auf sie warten. Dort, dachte er, werde ich sitzen und auf die Lösung des Rätsels warten. Und einen Augenblick lang sah er in einer plötzlichen Vorwegnahme eine kleine Tischplatte, auf der einige undeutliche Gegenstände herumstanden, eine Tasse Kaffee, eine Zuckerdose, ein Aschenbecher, und er spürte die Annäherung von etwas Unsichtbarem. Das war sie, die an seinen Tisch trat. Nur daß er jetzt den Kopf nicht heben konnte, um sie zu sehen.
»Werden Sie mich auch erkennen?« fragte er besorgt.
»Bestimmt«, sagte sie.
Auf einmal war ein anderer Ton in ihrer Stimme, eine Gespanntheit, Ängstlichkeit, das Festhaken der Worte, die alte Störung.
»Und Sie? Würden Sie mich auch erkennen? Ich meine, wenn ich dort wäre, einfach so? Würden Sie wissen, wer ich bin?«
»Ich weiß nicht«, sagte er. »Ich glaube schon.«

»Ich glaube nicht,« sagte sie schroff.
Und nach einer Pause fügte sie hinzu: »Ich weiß nicht, ob es Sinn hat, daß wir uns treffen.«
»Doch, bitte«, sagte er erschrocken, »kommen Sie!«
Sie zögerte.
»Gut, bis morgen«, sagte sie plötzlich.
Es knackte, sie war weg. Kaum hatte er aufgelegt, klingelte das Telefon. Strasser war dran und fragte, ob es ihm besser ginge und er nicht vielleicht doch noch kommen könne. Ohne jeden weiteren Versuch sich zu wehren, sagte Elsheimer zu.

Und nun, nach einem langen Abend und einer schlechten Nacht, in der er einmal dumpf aus ungefügen, schwerfälligen Träumen aufwachte und nicht sofort wußte, wo er sich befand, und nach einem Vormittag mit Strasser und einem Direktor des Kongreßzentrums, der sie durch verschiedene Säle führte und zeigte, was alles zur Verfügung stand an Dolmetscheranlagen, Saalmikrofonen und Projektoren, nun, nachdem er noch einmal mit Strasser im Hotelrestaurant gegessen und sich dann mit wechselseitigen kollegialen Beteuerungen von ihm verabschiedet hatte, um sofort ungeduldig ein Taxi zu bestellen, saß er hier an dem kleinen runden Marmortisch mit der Kaffeetasse, der Zuckerdose und anderem Zubehör, den er in seiner Phantasie schon gesehen hatte, als etwas, das ihm bevorstand und von ihm erreicht werden mußte, trotz aller Hindernisse und möglichen Vereitelungen, die nun auf einmal hinter ihm lagen – er saß hier und war angekommen bei seinen eigenen vorausschauenden Gedanken und fühlte sich ein wenig erschöpft.

Er war sogar noch einige Minuten zu früh. Sie war noch nicht da, würde wahrscheinlich einige Minuten zu spät kommen. Wenn sie gleich durch die Tür hereinkam und durch den Verkaufsraum mit der Kuchentheke ging, würde er sie erkennen können an ihrem suchenden Blick, und im Moment, da sie ihn entdeckt hatte, wollte er aufstehen und sie empfangen. Er hatte auch eine Vorstellung von dieser Szene, die er, ohne sich an etwas Bestimmtes zu erinnern, aus vielen Filmen im Gedächtnis hatte: Das Heranschreiten und Sicherheben, das spiegelbildliche Lächeln, er, der etwas sagte und ihre Hand ergriff, um sie ein wenig festzuhalten und vielleicht an seine Lippen zu führen, sie beide nun als Gruppe, nah beieinanderstehend, mit lebhaftem Gesichtsausdruck und angeregten Gesten, er, der mit gespieltem Ernst eine Frage stellte, und sie, die lächelnd den Kopf schüttelte, er, etwas größer als sie, und sie vielleicht um ein weniges jünger als er, und er, der ihr aus dem Mantel half und ihn aufhängte, und sie, die sich nun setzte, und er, der es auch tat, ihr gegenüber, und sich vorbeugte und sofort wieder ihren Blick suchte und zu reden begann.

Doch so würde es nicht ablaufen, nicht mit ihr, die er sich nicht vorstellen konnte, so daß alles Vorstellbare schattenhaft blieb und sie nicht enthielt. So kurz vor ihrem Erscheinen war sie ganz undenkbar geworden, wie eine Verneinung von allem, was er kannte, etwas Unmögliches, Fremdes, das ihn bedrohte.

Ungeduldig blickte er durch den Verkaufsraum zur Eingangstür hinüber, hielt aber seinen Blick ein wenig unbestimmt. Er wollte nicht unentwegt dort hinüberstarren, sondern die Szene nur im Auge behalten. Jetzt, am frühen Nachmittag, herrschte lebhafter Betrieb. In kurzen Abständen kamen Leute herein, standen an der Kuchentheke, zeigten auf etwas, ließen es sich einpacken und gingen wieder, mit kleineren oder größeren Päckchen in der Hand. Oder sie suchten sich ein Stück Torte aus, das sie im Café essen wollten, und kamen mit den kleinen grünen oder roten Kontrollzetteln zwischen den Fingern herein und schauten sich nach einem freien Tisch um. Es waren in der Mehrzahl Frauen, aber meistens ältere, mit Gesichtern, in denen kein Suchen, kein Interesse glimmte. Oder sie waren in Begleitung, hatten Kinder bei sich, einen Mann, trugen Einkaufstaschen und große Tüten, die sie auf die freien Stühle stellten.

Es war fünf Minuten über die Zeit. Das Café hatte sich fast bis auf die letzten Plätze gefüllt, gerade so, als fände hier eine Vorführung statt und die Menschen an den Tischen wären die Zuschauer, die sich pünktlich dazu eingefunden hatten. Obwohl sie alle vereinzelt oder in kleinen Gruppen auf ihren Plätzen saßen, bildeten sie zusammen eine feindliche Masse, einen trägen Widerstand, der sich unmerklich zusammenzog und immer weniger Raum ließ für das, was er erwartete. Alle Leute, die in den letzten Minuten hereingekommen waren, hatten, ohne daß er das gleich gemerkt hatte, seine Ungeduld verstärkt. Gereizt sah er sie herumsitzen, wie sie in ihren Tortenstücken stocherten und aus ihren Tassen tranken. Ihre stille, selbstverständliche Anwesenheit und das leise brodelnde Geräusch ihrer Unterhaltungen, das den Raum erfüllte, schien zu sagen: Wir sind immer hier. Etwas anderes gibt es nicht. Nichts anderes wird geschehen.

Er fühlte, wie inständig er sich wünschte, daß sie jetzt käme. Daß sie ihn nicht länger warten ließe, ihn nicht enttäuschte. Komm, dachte er, du kannst sein, wie du willst, komm, zeig dich, komm auf mich zu!

Er saß unbeweglich da und starrte in den Verkaufsraum, beobachtete die Eingangstür. Eine Dame in einem braunen Pelzmantel kam herein. Blondes Haar quoll unter einer Pelzkappe hervor. Sie trug Stiefel. Ihr Gesicht erschien ihm jung und glatt. Sein Herz begann heftig zu pochen, aber er wußte, sie war es nicht. Nein, sie war es nicht. Nicht die Auflösung des Geheimnisses. Er hätte es auch nicht ge-

wünscht. Sie kaufte nur Kuchen, um ihn mitzunehmen. Sie ging wieder, schritt draußen als eine undeutliche Halbfigur am Fenster vorbei.
Er wollte nicht schon wieder auf die Uhr sehen. Ungefähr eine Viertelstunde mußte vergangen sein. Das bedeutete nichts. Sie konnte sich verspäten aus vielerlei Gründen. Aber vielleicht war es auch Absicht. Sie war scheu oder vorsichtig und wollte sicher sein, daß er schon da war. Deshalb zögerte sie das Treffen hinaus. Oder sie wollte ihn ein wenig quälen. Das war einer dieser Widersprüche in ihr, die er nicht verstand. Er konnte warten, hatte ja Zeit, konnte sie vielleicht durch sein Warten herbeizwingen. Dies war schließlich nur die letzte Phase eines viel längeren Wartens, das jetzt bald zu Ende ging.
Er saß still, fast unbeweglich. Um ihr eine Chance zu geben, ihn zu überraschen, wollte er nicht mehr zur Tür blicken. Gedankenlos betrachtete er die Fingernägel seiner rechten Hand. Sie waren gepflegt, halbrund geschnitten und glänzten. Mit der rechten Hand umschloß er die Fingerspitzen und hielt sie fest, ließ die Hände auf seinem Schenkel liegen. Er fühlte sich unbehaglich, ließ aber seinen Blick nicht aus dem Umkreis seines Tisches hinaus.
Plötzlich spürte er, daß er beobachtet wurde. Zwei Tische von ihm entfernt saß eine Frau, die zu ihm herübersah und einen Moment lang seinem Blick standhielt, bevor sie sich abwandte. Sie ist es, dachte er, sie muß es sein!

Er hatte sie vorhin nicht da gesehen. Vielleicht besaß das Café einen Nebeneingang, den er übersehen hatte. Oder ihr Aussehen hatte sich verändert, weil sie zunächst ihren Mantel angelassen hatte, als sie hereingekommen war. Sie trug ein schwarzes Kleid und ein silbernes Halsgehänge, das wohl aus mehreren Ketten bestand. Ihre Haare, dunkelbraun, ohne einen anderen Farbschimmer, waren streng nach hin-

ten gebürstet und in einem dicken Knoten zusammengefaßt. Ihr Gesicht kam ihm gedunsen vor, kaum abgesetzt von der runden Stirn, als fehlten ihr die Augenbrauen. Ihre Nase war klein. Die etwas hängende, üppige Unterlippe entblößte ihre untere Zahnreihe, als sie zu ihm herüberblickte. Ihr Blick glitt langsam von ihm ab, ohne zu verleugnen, daß sie ihn gesehen hatte, doch auch ohne ein Zeichen des Erkennens. Sie ist es, dachte er, sie muß es sein, sie will von mir erkannt werden. Wieder fing er einen Seitenblick auf, aus flachen, kleinen Augen, die ihm kalt erschienen, wieder entblößte die Unterlippe die Zähne, und einen Augenblick lang glaubte er einen Zug von Schwachsinn in ihrem Gesicht zu sehen. Erschrocken, doch auch mit einem triumphierenden inneren Beben spürte er, wie er in ihren Bann geriet.
Aber er wollte sie noch länger anschauen, wollte erst ganz sicher sein. Etwas an ihr, vielleicht die Langsamkeit ihrer Bewegungen, ihr prüfender Blick und die unveränderliche, kahle Stille ihres Gesichtes, ließen sie wie eine Festung erscheinen, der er sich nur vorsichtig nähern durfte. Dennoch wartete sie darauf, und er war sicher, daß sie sich seines Blickes bewußt war. Jetzt ließ sie, als gäbe es nichts anderes, das sie interessierte, zwei Stücke Zucker in ihren Tee fallen und rührte langsam darin herum. Sie trank, lehnte sich zurück. Sie schlug die Beine übereinander, die er unter dem Tisch nicht gut erkennen konnte, außer den kleinen schwarzen Stiefeletten, die ihre Fußgelenke umschlossen.
Er konnte schwer abschätzen, wie alt sie war. Vielleicht Ende Dreißig. Aber das konnte täuschen. Sie war ein Typ Frau, der leicht ein paar Jahre älter erschien, obwohl sich kaum sagen ließ, woran das lag. Vielleicht war es der Ausdruck von Erfahrung, der ihr Gesicht zeichnete, in einem unpersönlichen, fremden oder allgemeinen Sinn, als gäbe es eine Erfahrung, die nicht einem bestimmten Menschen gehörte, sondern nur an ihm erschien und in Wirklichkeit die

Erfahrung des Geschlechtes oder der Gattung oder des seiner selbst nicht bewußten Lebens war.
Sie wußte, daß er sie betrachtete. Er glaubte, es an ihren Bewegungen zu sehen. Nicht, weil sie unruhig waren, sondern im Gegenteil so zurückgenommen und langsam, als wolle sie sich unter seinem Blick weniger sichtbar machen, aber nur, um ihn noch mehr zu fesseln und sich ihm noch länger darzubieten. Schau her, schien sie zu sagen, jetzt streife ich meinen Armreif über den Ärmel meines Kleides. Ich schiebe ihn damit ein wenig hoch, er legt sich in Falten, ich entblöße mein Handgelenk. Schau her, ich rauche. Meine Finger und meine Lippen sind einen Augenblick beieinander. Sie berühren, sie fühlen sich. Ein wenig lege ich den Kopf in den Nakken, atme den Rauch langsam wieder aus. Ich sitze ganz still, ganz reglos, ich lasse dir Zeit, ich warte nicht einmal, ich bin nur hier. Einmal kam auch ihr Blick wieder zu ihm herüber, aber nur ungefähr, auf eine seltsam verschwommene Art, die so viel Abwehr wie Interesse verriet und den Abstand zwischen ihnen nur schwieriger machte.
Wollte sie nicht, daß er sie ansprach? Warum gab sie ihm kein Zeichen, das deutlicher war! »Ich weiß nicht, ob es Sinn hat, daß wir uns treffen«, hatte sie gesagt, als er gezweifelt hatte, ob er sie erkennen würde. War das ihre Antwort, dieses Sich-Zeigen und Sich-Verbergen, das ihn in Zweifel ließ, ob sie es war oder nicht, und, wenn sie es war, ob sie es je zugab oder ihn abweisen und enttäuschen würde?
Aber wenn sie sprach, wenn er sie zum Sprechen brachte, würde er ihre Stimme erkennen. Ohnmächtig wartete er auf einen Einfall, wie er es anfangen konnte. Sollte er einfach an ihren Tisch herantreten und fragen »Sind wir nicht verabredet?« oder »Kennen wir uns nicht?« Er fühlte peinlich die Lächerlichkeit der Szene, sah im voraus ihr kaltes Erstaunen und die abweisende Belehrung, die sie ihm erteilen würde. Und dennoch gab es keinen anderen Weg, wenn er nicht hier

festsitzen wollte, glotzend und zweifelnd und schließlich aufgebend, ohne es gewagt zu haben.
Er stand auf. Er hatte sich nicht entschlossen. Er war nur aufgestanden und hatte sich in Bewegung gesetzt. Er ging um den Nachbartisch herum und schritt auf sie zu, eine Hand, wie er jetzt merkte, steif in der Seitentasche seiner Jacke, was ihm eine gezwungene Haltung gab. Ihre Augen schimmerten, sahen ihm entgegen, ohne daß ihr Gesicht sich ihm ganz zudrehte. Er sah ihr verwischtes Profil und unter sich ihr Haar, ihre Schulter, er war an ihr vorbeigegangen. Gleich um die Ecke war die Toilettentür, durch die er verschwinden konnte.
Benommen stieg er die Treppe hinunter, stand in einer Box vor der gekachelten Wand und schüttelte sich vor Beschämung. Im Spiegel mochte er sich nicht ansehen. Sein Gesicht kam ihm entstellt vor, wie nach hinten weggestrichen und auch unangemessen jung.
Er wusch sich die Hände, kühlte sein Gesicht. Gut, dachte er, ich werde sie fragen, ob ich mich einen Augenblick an ihren Tisch setzen darf. Ich werde sagen, daß ich nur etwas aufklären möchte, einen Zweifel, möglicherweise eine Verwechslung. Und dann werde ich es ihr schon ansehen, ob sie es ist.
Entschlossen, sie anzusprechen, stieg er wieder die Treppe hoch. Er fühlte sich jetzt ruhiger, jedenfalls äußerlich. Und während er den Raum durchquerte, auf die Ecke zu, hinter der ihr Tisch stand, sah er in einer inneren Vorwegnahme ihren etwas gebogenen runden Rücken und den dicken Haarknoten über ihrem Nacken und auch sich selbst, wie er von der Seite an sie herantrat, lächelnd und etwas vorgebeugt.
Aber dann starrte er auf einen grauen, kurzgeschorenen Nacken und braune Anzugschultern, ein alter Mann saß auf ihrem Platz. Sie war nicht mehr da. Sie war verschwunden, als habe es sie nie gegeben. Verfolgt von dem Seitenblick des

alten Mannes ging Elsheimer an seinen Platz und setzte sich. Auch im Vorraum war sie nicht mehr. Sonst sah alles unverändert aus, scheinbar lückenlos. Ja, dachte er, es soll sie nie gegeben haben. Und ob sie nun gegangen oder nie gekommen war, es war inzwischen auch eine Stunde über die Zeit.

Den Rest des Tages hatte Elsheimer in einem Zustand gelähmter Wut verbracht, einer Wut, die nichts fand, wogegen sie sich richten konnte und immer wieder in Selbstbeschuldigungen mündete. Ja, er verdiente diese beschämende, lächerliche Belehrung. Es hatte selbstverständlich so kommen müssen, es war ganz richtig so.
Doch wenn er versuchte, daraus eine neue Aussicht zu gewinnen und sich zuredete, er könne ja nun nach Hause fahren und weiterleben wie bisher, fühlte er sich mutlos und erschöpft, und eine drückende Trostlosigkeit überkam ihn, die ihn so bedrohte, daß er sich dagegen aufbäumen mußte und wieder in seine ziellose Wut geriet.
Obwohl er nicht mehr daran denken wollte, quälte ihn die Frage, ob die Frau im Café die Anruferin gewesen war, und wenn ja – wofür ihr Blick sprach, ihr verstecktes Lauern, die unübersehbare Inszenierung ihrer Anwesenheit –, was sie dann von ihm erwartet, was sie gewollt hatte, und weshalb sie gegangen war. Noch unerträglicher war ihm der Gedanke, sie sei es nicht gewesen. Denn das kam ihm so vor, als sei er zugleich getäuscht und verraten worden. Er wußte nicht, woran er sich halten sollte und konnte seine Gedanken nicht mehr zusammenbringen.
Schließlich betrank er sich, und das dauernde Kreisen, immer um den empfindlichen Mittelpunkt seiner Enttäuschung und Verwirrung, wurde allmählich langsamer und lief aus. Um sich mit seiner Ohnmacht abzuschaffen, sich vorübergehend aus der Welt zu bringen, nahm er auch noch eine Schlaftablette.

Im Einschlafen suchte sie ihn noch einmal heim. Er sah über sich ihren Blick, die untere Zahnreihe, entblößt von der Lippe, und wolkenhaft und nicht mehr ganz wirklich das Gedränge und Geschlinge ihrer Beine unter dem Tisch. Auf dem Grund seiner Betäubung rührte sich wieder der Schmerz, das Ziehen einer Sehnsucht, das Aufklaffen einer unausfüllbaren Leere. Im Schlaf murmelnd suchte er eine Ausflucht: Morgen werde ich ans Meer fahren. Morgen, morgen. Seine nur noch geträumte Stimme ahmte eine andere nach, die ihm Trost spendete. Sie beschwor auch das Dunkel, aus dem ihn die Frau ansah. Ihr Blick war ruhig, eine Ausstrahlung von Kraft. Sie sollte nicht weiter auf ihn eindringen, aber sich ihm noch zeigen. Sie, die schon wieder verschwunden war, verdunstet über einer endlosen Wasserfläche und erstarrenden Wellen.

Mit langgezogenen, tiefen, wattigen Tönen antworteten einander die Nebelhörner zweier Schiffe. Der zweite Ton klang noch dunkler und verhangener als der erste und kam wahrscheinlich von einem größeren Schiff. Wenn er seine Augen anstrengte, konnte er draußen in der grauen Einöde zwei ebenfalls graue Schiffssilhouetten erkennen. Den Aufbauten nach schienen es ein Frachtschiff und ein Tanker zu sein, die sich begegneten und bald aneinander vorbeigleiten würden. Der Tanker war auf dem Weg nach Hamburg, und das Frachtschiff kam ihm von dort entgegen und fuhr aufs offene Meer hinaus. Es war kaum möglich zu beobachten, wie sich die Positionen der beiden Schiffe gegeneinander verschoben, denn die schwadige graue Luft verschluckte immer wieder die feine blasse Tuschzeichnung der Deckbauten und Masten, und die flachen, vollbeladenen Schiffsleiber verschwammen, sobald die Augen ermüdeten, mit der Wasserfläche, als seien sie versunken. Himmelsgrau und Meeresgrau, kaum unterscheidbar, bildeten zusammen das Innere eines riesigen Schlundes, der gegen das Ufer aufklaffte und aus dessen Tiefe wieder diese melodischen Bässe ertönten.

So war er also doch ans Meer gefahren, hatte zurückgegriffen auf diesen Vorbehalt, mit dem er sich vor der Reise gegen Enttäuschungen gewappnet hatte, die er vielleicht mit dieser Frau erleiden würde und die er sich eigentlich auch wünschen mußte. Aber er war anders enttäuscht worden, als er es sich vorgestellt hatte, nicht so, daß er entlassen war zu sich selbst, seinem alten Bewußtsein und Selbstgefühl, sondern als sei ein Mangel, eine Leere in ihm aufgedeckt worden, die er vorher nicht gekannt hatte. Das schien nicht nur in ihm zu sein als ein Gefühl, sondern auch außerhalb von ihm als eine Eigenschaft der Dinge. Es verband sie in ihrer Vereinzelung, sie waren darin eingetaucht, es stand in ihrem Hintergrund. Schnee. War es der Schnee? Machte der Schnee es nur deutlicher? Er suchte etwas und war auf sich zurückgeworfen. Er fand sich fremd bei sich selbst und strebte unruhig von sich fort. Er suchte etwas, von dem er wußte, daß es für ihn nicht da war. Es war nicht da, weil er es nicht benennen konnte.

Auch heute morgen am Telefon war es ihm nicht gelungen, sich seiner Frau verständlich zu machen. Von vornherein hatte er das Gefühl gehabt, in einer geliehenen Sprache zu reden und lauter Vorwände zu gebrauchen, nicht weil er sie belügen wollte, sondern weil es nichts anderes zu sagen gab. Gerade die gewohnte Geläufigkeit ihrer Unterhaltung quälte ihn. Und selbst die sachliche Auskunft, daß er im »Hotel Seepavillon« in Cuxhaven wohne, kam ihm unglaubhaft und falsch vor.

Er war froh gewesen, wieder zurückzusinken in seine Sprachlosigkeit. Sein Gehirn war noch halb betäubt, umschlossen von einer starren Bandage, die sich erst allmählich zu lösen begann. Er hatte Zeit. Alles geschah ohne ihn. Mit immer neuen Verzögerungen und Aufenthalten fuhr der Zug der Küste entgegen. Auch diese Schneewüste verriet noch die Nähe des Meeres. Er würde bald dort sein. Und vielleicht auch wissen warum.

Weil es der Rand der Welt ist, hatte er gedacht. Er sah die eisengraue Endlosigkeit in dem quadratischen Fensterausschnitt seines Zimmers. Die winzigen Helligkeiten waren die Schaumkronen sich überschlagender Wellen. Er hatte den Wunsch gehabt, sich von allem zu lösen und sich zurückzuziehen bis an diese Grenze. Jetzt war er hier.

Es schneite. Er stand am Jachthafen und hörte das schlürfende und schmatzende Geräusch der Wellen an der Kaimauer, sah die vertäuten Bootsleiber in sanfter Bewegung. Auf den Kajütendächern und den umgelegten Masten saßen einige Möwen, die ihren Kopf eingezogen hatten und sich schaukeln ließen.
Er war allein hier. Der Strand gehörte ihm. Er ging an der Wasserlinie entlang in Richtung Duhnen. Die Ebbe begann. Das Wasser hatte einen Streifen des Deichvorlandes vom Schnee freigeleckt, und hier und da suchten Seevögel nach Nahrung. Sie flatterten dicht vor ihm auf, und er hörte ihre heiseren, kreischenden Schreie, wenn sie in flachem Bogen über das Wasser flogen und sich in einiger Entfernung wieder niederließen. Manchmal umkreisten sie ihn, das weiße und graue Gefieder huschte durch das Schneetreiben, das vom Meer hereinwehte, hochschnellend stießen sie ihren Ruf aus und bogen wieder ab.
Er ging weiter auf dem nassen Boden, in dem schon ein Knistern von Frost war, und begleitet von dem Zischen der auslaufenden Wellen, die dünne, rasch vergehende Schaumschleier über den Strand warfen. Dauernd war ein Rauschen in der Luft, das vielfache Lärmen sich überschlagender Wel-

len, das sich überlagerte zu einem einzigen umhüllenden Geräusch. Es gab ihm eine Empfindung, als drücke ihm jemand mit hohlen Händen sanft auf beide Ohren und mache es ihm schwer zu unterscheiden, was innen und außen war. Immer weiter stapfend über den nassen Boden kam er zu einer schmalen Landzunge, auf der ein turmartiges Holzgerüst stand, wohl ein altes Küstenzeichen für vorbeifahrende Schiffe. Dahinter dehnte sich das Wattenmeer. Die von Prielen durchflossenen riesigen Schlickflächen waren schon dünn überzogen von frischgefallenem Schnee. Graue Einsprengsel stehengebliebener Wasserlachen, auf denen als winzige helle Punkte einige Vögel schwammen, durchbrachen das dämmrige Weiß, das sich in der Ferne in einem grauen Streifen verlor, der vielleicht das Meer war. Irgendwo in der Einöde glaubte Elsheimer eine kleine schwarze Gestalt zu erkennen, äußerster Fixpunkt, bis wohin es möglich war vorzudringen. Er stand still und sah lange hinaus.

Fast schon im Dunkeln war er ins Hotel zurückgekommen. Das letzte Stück war er oben auf der Deichkrone entlanggegangen und hatte das erleuchtete Hotel mit dem langgezogenen Wohntrakt und dem Speisesaal vor dem finstern Meer liegen sehen, als sei es ein großes Passagierschiff, das dort vor Anker gegangen war, um ihn an Bord zu nehmen. Den Abend über hatte er an der Phantasie festgehalten, sich im Inneren eines mächtigen Schiffes zu befinden, das ruhig durch das nächtliche Meer fuhr. Im Speisesaal hatte er auf einem Fensterplatz gesessen, von wo aus allerdings in der Dunkelheit draußen nicht mehr zu erkennen war, als ein paar ferne Positionslichter. Da nicht viele Gäste im Saal saßen, war er mit besonderer Sorgfalt bedient worden und hatte sich zu einem langen Menü verleiten lassen. Er hatte gedacht: Das endlich ist Gegenwart, weil ich nichts erwarte, nirgendwohin will, nichts vermisse.

Als er später in sein Zimmer kam und den Vorhang vor das Fenster zog, erneuerte sich das Gefühl, daß dieser kleine Raum mit den beiden Betten eine Kajüte im Bauch eines Schiffes sei. Das Schiff fuhr durch die Nacht, und er wußte nicht wohin, er war ihm preisgegeben und fühlte sich gerade deshalb frei.

Er zog sich aus und legte sich ins Bett, um noch ein wenig zu lesen. In Hamburg hatte er in der Ramschkiste einer Buchhandlung ein seltsames Buch gefunden, das den Titel »Leibperspektiven« trug. Es bestand aus Zeichnungen und kurzen Texten, und es erzählte keine Geschichte, sondern bildete Gedanken ab. Es war eine Gedankenbühne, auf der Seite für Seite eine neue Sinnfigur erschien. Das Umblättern ersetzte den Vorhang, der kurz niederging und sich wieder öffnete. Zwei Hände waren die Hauptakteure dieser Revue, die rechte und die linke Hand eines einzigen Menschen, die sich wechselseitig berührten, spiegelten, verdeckten. Die eine Hand war dicht überzogen von einem Netz aus Hautlinien und Falten, das sie fast schwarz erscheinen ließ, die andere Hand war nur ein leerer Umriß, weiß, ein Phantom. Die schwarze Hand war das Bild, das die weiße Hand sich machte, das sie ertastete, in dem sie sich selbst erschien. Die schwarze Hand kam aus der Tiefe des Spiegels an die Oberfläche, wenn die Finger der weißen Hand die Spiegelfläche berührten, und sie versank darin, wenn die weiße Hand sich zurückzog. Wußte die weiße Hand nichts mehr von sich, wenn die schwarze Hand verschwunden war? Mußte sie immer etwas anderes begreifen, um selbst da zu sein? Nun erschien nur die schwarze Hand. Aber mit einem weißen Daumen, der sie von innen betastete und dadurch hervorbrachte. Und nun war das Weiß ein winziger Fleck im Inneren der schwarzen Hand, ein Wassertropfen, der ihr gerade entglitt. Auch dieser kleine Tropfen genügte, damit die Hand sich fühlte und zur Erscheinung kam. Konnte man also nur da sein durch etwas anderes, von dem man berührt wurde oder das man berührte? Was für ein Stück wurde gespielt auf dieser Gedankenbühne? Hieß es die Berührung oder die Verkörperung oder das Leben? Beide Hände, jetzt schwarz, umschlossen eine weiße Helligkeit, versuchten sie zu bergen wie ein Geheimnis, eine verborgene Kraft. Doch im nächsten Bild versuchten die Hände den langen weißen Faden einer Flüssigkeit aufzufangen, die ihnen unaufhaltsam durch die Finger rann. Bald würde immer mehr von diesem weißen Nichts auf sie herabrinnen, und sie würden immer weniger zu fassen kriegen. Er blätterte weiter. Anstelle der Hände erschien ein Gesicht, auch überzogen von schwarzem Netzwerk, dunkel und leidend. Die Stirn aber hatte sich aufgelöst in dieses flüssige Nichts und lief in langen weißen Bahnen über Augen, Nase, Mund und Wangen herab. Es war vorauszusehen, daß dieser dichter werdende Tränenstrom bald alles wegspülen würde, was jetzt noch von dem Gesicht zu sehen war. Das Buch hatte sein Thema umgekehrt, es handelte jetzt vom Sterben. Alles, was berührt, wahrgenommen und zum Leben erweckt wurde, mußte auch wieder wegschmelzen und verschwinden. Das Berührbare war das Nicht-zu-Haltende. Die Handzeichen, die Fingerzeige, das zerfließende Gesicht machten es sichtbar. Alle stummen Figuren dieses Schattenspiels zeigten denselben Sinn vor. Das Eigene ist das Fremde und wird uns genommen. Ein einziges Bild, das erste, behauptete sich als Vorzeichen aller anderen. Es war ein abgeschnittener Finger der schwarzen Hand, umwunden und gefesselt von einem Draht wie eine verschnürte Mumie. Daneben stand: »Wir schulden Gott einen Tod.« Elsheimer, plötzlich überfallen von Müdigkeit und Schwere, nahm es mit in seinen Traum.

Er fuhr hoch, weil das Telefon klingelte, und in einem Augenblick von Panik starrte er in das erleuchtete Zimmer.

Ein Gefühl, völlig unverständlich und doch unabweisbar, sagte ihm: Du bist schuldig, und jetzt hat man dich gefaßt.
»Ja, bitte?« sagte er.
Wieder, wie in einem Stück, das er kannte und in das er unversehens und gegen seinen Willen wieder geraten war, traf er auf ein Schweigen. Es war das lauernde Schweigen, das Warten. Dahinter stand ein Gesicht, das sich mit diesem Schweigen verhüllt hatte und das er erraten sollte.
Sie war es, das wußte er. Aber nicht, ob sie zu ihm sprechen oder einfach wieder verschwinden würde. Und nicht, was er tun solle, außer zu warten. Und nicht, was er fürchtete und worauf er hoffte.
»Ich bin's«, sagte sie leise. »Bitte legen Sie nicht auf.«
Obwohl er es gewußt hatte, erschrak er. Es war die Wirklichkeit ihrer Stimme hier in dem fremden Zimmer, die ihn überwältigte. Sie gehörte nicht hierher, und doch war sie da. Sie hatte ihn verfolgt und gefunden und meldete einen Anspruch an. Und mit der kleinen Verzögerung, die sein Herz brauchte, um auszusetzen und heftiger weiterzuschlagen, kam etwas über ihn wie eine Welle oder der Schatten ihres Körpers: es war ihre seinen Sinnen entzogene und doch fühlbare und übermächtige Anwesenheit in diesem Zimmer, die ihn umhüllte, und als er daraus auftauchte, hatte er keinen Atem mehr. »Sie sind aufgeregt«, sagte sie, »ich höre es, ich habe Sie erschreckt.«
Es klang, als zögere sie weiterzusprechen, weil sie verstanden hatte, daß sie ihn schonen müsse. Doch dann sagte sie leise, fast flüsternd, als bäte sie um sein Einverständnis, etwas Verbotenes und Unerwartbares zu tun, und doch zugleich beruhigend, als wolle sie ihm helfen, aus seiner Überrumpelung herauszufinden: »Ich möchte Sie umarmen.«
Noch immer konnte er nicht antworten, gedemütigt durch seinen schweren Atem, der ihr verraten hatte, wie erregt er war, doch jetzt schon gebannt durch die verschwiegene und

schmähliche Lust, die in ihm aufglimmte, zu wissen, daß sie wußte und hören konnte, in welchen Zustand sie ihn mit ihren Worten versetzt hatte, mit ihrem sanften, zärtlichen Ton, der so tat, als sei alles, was sie sagte, nur ein Wunschtraum, ein schwebender, flüchtiger, vergehender Gedanke, der keinen Platz in der Wirklichkeit hatte und nur deshalb aussprechbar war, während doch zugleich diese zärtliche, entsagende Musik ihrer Stimme das Bild ihrer fleischigen Unterlippe, ihrer feuchten entblößten Zähne in ihm wachrief und der Blick ihrer kalten Augen auf ihn gerichtet war, als wolle sie ihn festbannen an seinen Platz.
»Ich möchte Sie umarmen.«
Sie hatte es wieder gesagt, wenn er es nicht geträumt hatte. Es war derselbe Ton, derselbe verstörende Widerspruch von Eindringlichkeit und Entsagung, was ihm das Gefühl gab, mit der Sicherheit eines Zaubers auf dieselbe Weise berührt zu werden. Und als riefe dieser Gedanke sie noch näher herbei, überkam ihn erneut die Empfindung, überschwemmt zu werden von ihrer Anwesenheit: Dieses Zimmer gehörte ihr, sie beherrschte, erfüllte es, er war darin gefangen.
»Wie haben Sie mich gefunden?« stieß er hervor.
Er hatte sich diese Frage nicht gestellt, sondern blind danach gegriffen, wie nach einem zufällig herumliegenden Gegenstand, mit dem er sich in seiner Überrumpelung zur Wehr setzen konnte. Doch wie die Waffen im Traum, die zu schwer oder zu leicht sind oder auf nebelhafte Weise unbrauchbar werden und verschwinden, hatte er sie schon nicht mehr in der Hand und fand sich wieder in einer dichten Umarmung.
»Wolltest du nicht, daß ich dich finde?« fragte sie.
Ich muß nicht antworten, dachte er, nicht sofort, nicht jetzt, ich muß nicht ausweichen, muß nicht lügen, ich muß nur ich selbst sein.
»Doch«, sagte er, »ich glaube, ich habe es gewollt.«

Er hatte es gewollt, ohne es zu wissen. Er war einem Traum gefolgt, der ihm eingeflüstert hatte, daß er sich ihr um so mehr nähern würde, je weiter er sich von allen anderen entfernte. Sie war eine Stimme, die aus einer Leere kam und immer wieder darin verschwand, sie war außerhalb von allem, und er wollte sie dort suchen, und das konnte nur geschehen, indem er sich dorthin begab und wartete. Das Meer, die Grenzenlosigkeit, die Leere des winterlichen Strandes, die Nacht in einem fremden Zimmer hier an der Küste waren in seinem wortlosen, gedankenfernen Gefühl mit ihr verschmolzen. Es war ihr Abbild, ihr Hoheitsbereich, die Widerspiegelung ihres Zaubers und ihres Versprechens, doch in einem Spiegel, der von ihrem Atem behaucht und erblindet war. Dort, vor diesem Spiegel, versteckte er sich und wartete. Und der magische Vertrag, den er mit sich und mit ihr geschlossen hatte, besagte, daß er nicht wissen durfte, was er tat. Denn er hätte es bewußt nicht tun können, nicht nach den Regeln der Vernunft, sondern nur in dieser traumhaften Verkehrung, in der er sich wie ein Kind verhielt, das sich versteckt, um gefunden zu werden, das bebend auf das Näherkommen seiner rufenden Mutter wartet und sich die Ohren zuhält und die Augen schließt, um plötzlich von ihren Armen überrascht zu werden.

Und es wird schreien und um sich schlagen. Es wird sich wehren.

»Wolltest du nicht, daß ich dich finde?«

Doch doch! Aber es ist zu viel.

Jetzt, da er es sich eingestanden hatte, wurde er ruhiger und konnte noch einmal fragen, wie sie ihn gefunden habe. Im Grunde wußte er es schon. Es gab nur eine Antwort: Sie hatte seine Frau angerufen. Niemand sonst wußte, wo er war.

Und das erzählte sie ihm auch. Sie hatte einen Trick ange-

wandt, hatte vorgegeben, daß sie im Auftrag der Universität anriefe, und seine Frau hatte ihr ohne zu zögern seine Adresse gegeben.
»Es war ganz einfach«, sagte sie.
Er glaubte, eine kleine Gehässigkeit, einen schäbigen Triumph in ihrer Stimme zu hören, und schwieg. Anscheinend ahnte sie sein Zurückweichen, denn sie sprach gleich weiter in einem anderen Ton.
»Ich mußte es tun. Ich konnte es nicht ertragen, plötzlich so allein zu sein. Ich fühlte mich so abgeschnitten, so verlassen. Können Sie das verstehen?«
Sie hatte ihn wieder mit »Sie« angeredet. Das war wohl ein vorsichtiger Rückzug, eine rasche Anpassung an die veränderte Stimmung ihres Gesprächs. Sie schien genau zu spüren, daß die Macht, die sie über ihn gewonnen hatte, nicht mehr so stark war. Und sie war viel zu wach und zu behutsam, um mehr zu versuchen, als ihr gelingen konnte.
»Warum sind Sie gestern nicht gekommen?« fragte er.
Das schien sie gefürchtet zu haben, denn sie sagte schroff und so, als ob sie sich trotzig zur Wehr setze: »Ich konnte nicht.«
Erst im nächsten Augenblick schien sie zu begreifen, daß sie das erläutern müsse, und fügte eilfertig, doch noch immer mit demselben Auftrotzen hinzu: »Ich konnte nicht gehen, weil ich gestürzt war.«
»Gestürzt?«
»Ja, gleich, als ich aus dem Haus kam. Ich bin ausgerutscht und auf ein Knie gefallen.«
»Oh«, sagte er, »das tut mir leid.«
Irgend etwas warnte ihn, ihr zu glauben. Hätte sie nicht im Café anrufen und ihn benachrichtigen können? Warum erzählte sie ihm das erst jetzt, nachdem er sie danach gefragt hatte?

»Dann sind Sie wohl gleich zum Arzt gefahren?« hörte er sich sagen. »Oder was haben Sie gemacht?«
Sie antwortete nicht. Dieses plötzliche Verstummen machte ihn unsicher. Hatte er sie zu sehr bedrängt? Wenn er sie in die Enge trieb, lief er Gefahr, daß sie sich ihm entzog. Auch das war ein Teil ihrer Macht über ihn, daß er Angst hatte, sie würde verschwinden.
»Was ist?« fragte er. »Habe ich etwas falsch gemacht?«
»Du glaubst mir nicht«, sagte sie leise. »Wenn du mir nicht glaubst, bringst du mich dazu zu lügen.«
Er war entzückt über die Intimität dieses Bekenntnisses und zugleich verwirrt.
»Wie, wenn ich Angst habe, du belügst mich, dann belügst du mich erst recht?«
»Ich kann nicht anders. Es ist ein Zwang.«
Sie war jetzt so vollkommen ehrlich, daß er verstummte, und nach einer Pause, einem unbewußten, tiefen Atemholen sprach sie weiter: »Ich bin so oft belogen worden, daß ich konfus werde, wenn mich nicht jemand festhält, der mir vertraut. Ich muß dann auch lügen. Ich muß ausweichen, um mich im Gleichgewicht zu halten. Ich gebe einfach meinen Gedanken nach, und ich empfinde es dann gar nicht mehr.«
»Und wie soll ich dir jetzt noch glauben?« fragte er.
»Ich weiß nicht. Ich weiß es doch nicht. Sprich bitte weiter.«
»Was willst du hören?« fragte er.
»Alles. Alles, was du denkst.«
»Ich weiß nicht, was ich denke. Du verwirrst mich nur. In dem Café saß eine Frau, ganz in meiner Nähe. Sie hat mich beobachtet, bevor ich sie bemerkt habe. Warst du das?«
»Nein«, sagte sie kurz.
»Ich habe sie für dich gehalten.«
Unerwartet heftig sagte sie es noch einmal: »Ich war es nicht, nein! Wie könnte ich es gewesen sein?!«
Er war nicht überzeugt, daß sie die Wahrheit gesagt hatte,

und auch nicht, daß sie log. Es mußte etwas Drittes geben, das von Lüge und Wahrheit durchtränkt war und gleich weit von ihnen entfernt blieb. Darin hielt sie sich auf, ungreifbar. Es war ihr Geheimnis. Und wenn man sich ihr zu nähern versuchte, liefen die Gedanken auseinander und verloren sich. Man geriet ins Träumen, in eine träumerische Abwesenheit, aber am Ende träumte man von nichts. In diesem Augenblick glaubte er zu wissen, daß er von Leere bedroht war, einer benebelnden und verschlingenden Leere.
»Du machst mich nur wirr«, sagte er wieder.
»Weil du an sie denkst. Nur deshalb. Sie ist dazwischengekommen.«
»Vielleicht«, sagte er, »aber nur, weil ich auf dich gewartet habe.«
»Ich weiß. Ich habe dich auf sie vorbereitet. Sie brauchte nur noch da zu sein und dich anzusehen.«
Wie sie das sagte, war kein Vorwurf in ihrer Stimme, nur Einsicht und angstloses Verstehen, oder eine eisige Klarheit. Leise und eindringlich sagte sie auf einmal: »Wenn du von mir träumen willst, kannst du an sie denken. Stell dir vor, daß ich da war, ganz in deiner Nähe.«
»Nein«, sagte er, »ich will dich sehen. Ich will mich nicht täuschen. Ich will dich wirklich sehen. Kannst du nicht herkommen?«
»Nein«, sagte sie, »ich kann nicht.«
»Wieso, ich verstehe nicht. Bitte, komm her. Wir können ein paar Tage zusammen sein.«
»Ich kann nicht«, sagte sie.
Er war ratlos. Wie vor den Kopf geschlagen. Fühlte sich innerlich verstummt. Ihre Stimme schien auf einmal von weither zu kommen. Sie war nur ein Murmeln gegen sein Ohr, und erst in einem zweiten Hinhören, zu dem er sich zwingen mußte, nahm er wahr, daß es Phrasen waren, vage Versprechungen von Träumen, in denen sie sich vereinten, untrenn-

bar, wann und wie immer er es wollte. Doch je mehr von diesen Versprechungen sie herbeiholte, um so mehr schien sie ihm wegzunehmen, und nur, weil dieses dauernde, unaufhaltsame Schwinden ihm Angst machte, sagte er »ja, ja« zu allem, was sie sagte. Und dann, als sie aufgelegt hatte, nach einer letzten geflüsterten Beschwörung, saß er eine Weile starr wie ein Überfallener und Ausgeraubter auf seinem Bett.

Langsam ebbte die Erregung in ihm ab, und ein regloses, kaltes Echo ihres letzten Satzes tauchte wie eine Verhöhnung in ihm auf: »Du kannst alles von mir haben, alles, was du willst.«
Damit hatte sie ihn allein zurückgelassen, eingesperrt in diesem Zimmer, dem matt erleuchteten Inneren eines Würfels, in dem er gefangen saß, auf einem Bett, neben dem im rechten Winkel ein anderes, unbenutztes Bett stand. Was für eine ironische Anordnung sein Körper zusammen mit diesem Raum bildete. Warum war er hierher gefahren, in diese Falle? Jetzt mußte er die Nacht überstehen und dieses seltsame, erschreckende und leise würgende Gefühl, daß nichts da war, wonach er greifen konnte, um die wesenlose Angst zu bekämpfen, die sich gegen ihn aufwölbte.
Er war nicht ganz allein hier. Ein trüber Rest ihrer Anwesenheit umgab ihn, etwas Unsichtbares, das ihn in Unruhe hielt. Warum wollte sie nicht kommen, morgen? In ein paar Stunden konnte sie hier sein. Er würde sie fassen, umarmen, unter sich begraben, und sein eigener Körper würde ihm nicht mehr so fremd sein wie jetzt, wo er ihm wie ein totes Fundstück erschien, die täuschende Nachahmung eines Menschen, der er selbst sein sollte, schockartig beleuchtet, in einem völlig fremden Augenblick.
Ich bin es. Es wird sich ordnen, wird sich festigen. Ich bin es immer noch. Ich muß festhalten an mir selbst!

Sie konnte er sich nicht vorstellen. Seit sie in das Bild der anderen Frau geschlüpft war, schien sie es zerstört zu haben. Sie hatte es mitgenommen in ihre Unsichtbarkeit.
Er ging zum Fenster, schob den Vorhang ein Stück zur Seite und blickte in schneedurchwehte Finsternis, lehnte einen Augenblick seine Stirn gegen das kalte Glas. Im Spiegel über dem Waschbecken sah er seine grau werdenden Brusthaare, eine geschwollene Talgdrüse neben dem Nasenflügel, und er begriff daran die beginnende Zerstörung seines Körpers. Nein, er war noch nicht alt. Er war auf der Höhe, im Zenit seines Lebens, wie er seit Jahren glaubte. Nur daß er sich verleugnet hatte, daß diese Höhe sich in eine flache Einöde verwandelt hatte, in der er schon das Ende sehen konnte. Etwas war falsch gewesen, seit langem. Er hatte auf Verlust, auf Verminderung gelebt, ohne es zu wissen. Er hatte gelebt wie alle anderen, wie seine Kollegen, die an ihre Berufe und an ihre Ehen, an ihre Erfolge, Probleme und Begriffe gekettet waren wie an Ruderbänke. Und das Ganze war fröhlich beflaggt, damit es aussah wie Leben, das volle, bunte, lärmende, ächzende Leben, das nichts von sich wußte und vorüberglitt.
Er stand auf einmal außerhalb. Er sah es wie ein Bild. Das Bild war angestrahlt, und er selbst stand im Dunkeln. Er hatte Angst, daß sich alles von ihm entfernte. Auch die falschen Flaggen und das falsche Lärmen. Und er würde zurückbleiben mit sich allein und etwas anderem, Unbestimmten, das sich ihm näherte und ihn verschlingen wollte und nach dem er verwirrenderweise sich sehnte. Es war die Stimme dieser Frau.
Er mußte die Nacht überstehen, eingesperrt in diese Zelle, die sich am Morgen wieder weiten würde zu der Welt, die er kannte, der bekannten Welt. Er löschte das Licht und versuchte zu schlafen, den Kopf im Winkel seines Armes. Doch es gelang ihm nicht, wegzugleiten in eine rettende Tiefe, be-

vor sie sich ihm näherte. Sie war da, sie umgab ihn mit kleinen schamlosen Heimsuchungen, nesselartigen Berührungen im Halbschlaf, Quälereien, aus denen er sich wegzuwälzen versuchte, schwachen, aber wilden Küssen, die ihn betäubten und seinen Widerstand untergruben. Was wollte sie von ihm? Sie wollte ihn der Angst ausliefern, dem dauernden düsteren Ostinato, daß er nicht lebe, daß er sterben müsse, mit dem sich untrennbar eine Lockung vermischte: Komm, gib mir nach, folg mir, gib dich preis.
Er wußte, daß sie ihm nichts versprach, außer vielleicht, ihn mit ihren Versprechungen durch diese Nacht zu führen, wenn er bereit war, ohne Widerstand und Einspruch auf sie zu lauschen, und daß er sie dann vielleicht verstehen würde, daß ihre Verheißungen deutlicher würden, fast so, als käme sie wirklich, berühre ihn wirklich, anstatt ihn dauernd zu täuschen und ihn immer tiefer in diese leere Bezauberung hineinzuziehen, in diesen Halbschlummer zwischen Angst und Sehnsucht, in dem sie ihn festhielt, in dem sie ihn umgab. Dann wurde das weniger. Sie ließ nach. Sie zog sich zurück. Er lag unter einer schwarzen Kuppel, die ihn nach allen Seiten umschloß. Ihre Berührungen drangen nicht mehr durch. Sie umspielten das Äußere des Hohlraums, dessen Kern er war, wie nervöses Gewitter, von dem er kaum noch wußte. Die Zeit dehnte sich. Er war nicht gerettet. Sein Gesicht war schlackenhaft starr, nicht nur an der Oberfläche, sondern bis in die Tiefe, bis auf die Knochen. Die Starrheit der Knochen drang nach außen und erschien in seinem Gesicht.
Mit einem einzigen Schlag kam das Entsetzen über ihn. Im Bett sitzend tastete er nach dem Lichtschalter, rang nach Luft. Nur schwer kam er zu sich. Die Angst rann langsam von ihm ab. Morgen fahre ich nach Hause, sagte er sich. Aber es war eine schwache Beschwörung ohne Zuversicht, die nur Widerspruch weckte, den hartnäckigen, nicht einzuschläfernden Wunsch, sie solle hereinkommen und ihre

Arme um ihn legen. Er saß still, um sie zu spüren. Sie war nicht da, sie verweigerte sich ihm. Eine Kühle im Nacken ließ ihn zusammenschaudern. Gedämpft durch die Fensterscheibe hörte er das Nebelhorn eines Schiffes. Es war ein Uhr nachts. Er zog das Telefon zu sich heran und wählte ihre Nummer.

Ihr weiches, gehauchtes »Ja« empfing ihn. Es war ohne Überraschung und voller Bereitschaft, sich ihm zu öffnen. Es klang, als frage sie: Ist es soweit? Kommst du jetzt zu mir, ohne alle Vorbehalte?
Der Ton berührte ihn, traf ihn, und der Rest seines Widerstandes und seiner Vorsicht verflog. Es gab keinen Grund mehr zu leugnen, da sie schon alles wußte. Aufseufzend sagte er: »Ich kann nicht schlafen. Ich muß dauernd an dich denken. Ich bin wie verrückt.«
»Ich auch«, sagte sie. »Ich habe dich herbeigerufen. Jede Minute rufe ich dich.«
»Ich spüre es«, sagte er, »wie machst du das?«
»Ich bin nackt. Ich berühre mich.«
»Ich spüre es«, sagte er.
»Tu es auch«, sagte sie. »Bitte.«
»Ja«, sagte er.
Er unterwarf sich ihr mit einer blinden Neugier und hörte, wie sie zu flüstern begann: »Du gehörst mir. Ich gebe dich nicht mehr her. Jetzt spürst du, wer du bist. Du gehörst mir. Begreif das. Du gehörst mir. Du hast es nie gewußt. Jetzt fühlst du dich. Jetzt bist du da, wo ich dich haben will. Du bist bei mir. Du gehörst mir.«
Und immer weiter mit denselben stammelnden Beschwörungen, auf die er antwortete, ohne nachzudenken. Die süße, zehrende Stimme beschlich ihn, wollte in ihn hinein, um immer in ihm zu flüstern, wollte ihn besetzen. Keine Täuschung mehr, du bist mein Eigentum. Vergiß, wo du

herkommst. Du bist hier. Es gibt keine Erinnerung, nur diesen Taumel, die Beständigkeit des Banns, ein leise klingelndes Karussell, das sich um eine selige Ohnmacht dreht.

Danach redeten sie sanft weiter, hielten sich fest, versuchten sich zu lösen.
»Laß mich jetzt los. Ich möchte schlafen.«
»Dann mußt du von mir träumen.«
»Das werde ich.«
Und lauter neue Versicherungen, um ein schwieriges Ende zu finden.
Kaum war er allein, wußte er, daß er nicht schlafen würde. Trotzdem versuchte er es, legte sich auf den Rücken. Bewegte Formen erschienen vor seinen Augen und plötzlich die Vision eines Dirigenten, der mit seinem Taktstock diese blassen Linien und Muster in die Luft zeichnete. Es war ein fortwährendes Versprühen nervöser Energie, und es würde dauernd so weitergehen, wenn er sich nicht wehrte. Behext und ohnmächtig lag er im Bett, ausgeliefert an diese rasende, sinnlose Harlekinade, die ihn verhöhnte durch ihre zuckende Begeisterung. Der lächerliche Paroxysmus dieser unhörbaren Musik entsprang aus ihm selbst. Es war sein eigenes Leben, das vor seinen Augen zuckte und mit schmetternden Schlägen einer Erlösung entgegenstrebte, die nie zu erreichen war.
Wieder überkam ihn wie eine Krankheit das Verlangen, sie anzurufen. Hastig wählte er ihre Nummer. Eine Gasse wurde durch die Nacht geschlagen, und ihre Stimmen und ihre Ohren hingen aneinander in einer neuen jähen Verzauberung. Wieder flüsterten sie sich dasselbe zu: »Ich spüre dich. Du bist bei mir. Komm näher. Bleib. Ich will dich haben. Komm in mich hinein.« Es war eine Spiegelfechterei mit Worten, die nichts und alles bedeuteten und eigentlich nur Laute waren, die einander antworteten, während sie je-

der für sich auf ihrer eigenen einsamen Bahn liefen, und nur manchmal hielten sie an und versicherten einander, daß sie da waren.
»Wo bist du?«
»Ich bin bei dir.«
»Was ist los mit uns? Was machen wir?«
Es gab keine Antwort auf diese Frage, außer der, daß sie sich ohne Scham und Rücksicht aneinander auslieferten und enteigneten und nicht die Wahl hatten, damit aufzuhören, weil sie auf eine Leere und Dunkelheit zusteuerten, die sie fürchten mußten, falls es ihnen nicht gelang, ganz hinüberzukommen in Fühllosigkeit und Stille, in eine lange Abwesenheit, oder, das dachte er, in die reglose Eindeutigkeit des Wahns, in dem sie sich nicht mehr voneinander unterscheiden würden.

Am Morgen fuhr er nach Hause. Es war eine lange, langsame Fahrt. Er saß müde und benommen auf seinem Platz, aber sein zerschlagener Körper war voller glimmender Feuerstellen, die erst langsam erloschen. Er hatte sich noch nicht wiedergefunden, nicht so, daß er Abstand gewinnen konnte und fähig war, an morgen zu denken. Er lebte noch neben sich her, halb entrückt und ohne Schwere. Draußen war es strahlend hell. Eine kalte Sonne stand über den Schneefeldern, die sich endlos dehnten und vorüberglitten, die nichts sagten und nichts verschwiegen. Ihr kristallenes Glitzern blendete seine Augen.

3. Der Kampf

Es gab nun zwei Welten, in denen er lebte, doch sie waren nicht dicht gegeneinander abgegrenzt: die eine, in der er sich verteidigte, wurde von der anderen mehr und mehr durchdrungen und ausgehöhlt. Das sah er deutlich vor sich in einem passiven Staunen, als schaue er einem fremden, lautlos und langsam sich vollziehenden Vorgang zu, und Lautlosigkeit und Langsamkeit waren das sinnliche Bild eines Zwangs, gegen den es keinen Einspruch gab. Er dachte nicht darüber nach, er wußte es, es war eine Einsicht, die überging in Gedankenleere und dann auch ohne Schrecken war.

In sich versunken war er heimgefahren, die Augen nach draußen gerichtet und verlorengegeben an die vorbeigleitenden weißen Flächen. Allmählich stumpfte sein Blick ab, wurde leer gemahlen, leer gewaschen, bis seine Schläfrigkeit und die weiße Eintönigkeit sich vertauschten und er das Weiß hinter seinen geschlossenen Lidern träumen konnte. Das Weiß hatte ihn geschluckt. Er saß im Innern einer Höhle, und die Quelle, aus der das Weiß hervorsprudelte, befand sich hinter seiner Stirn. Er sah, wie es sich ausdehnte und bauschte und geschwenkt wurde, und es war noch eine Landschaft, aber doch nur wie eine haltlose Vortäuschung, eine sich selbst löschende, sich selbst verneinende Lüge, die andere Formen verbergen sollte, die sich versucherisch aus dem Weiß hervorwölbten und wieder darin auflösten. Er hatte keine Kraft, es hervorzutreiben, was sich ihm dort zu

zeigen versuchte – ein weiblicher Körper, nackt, sich qualvoll hervorwindend aus diesem Gedankenmehl, in dem er gleich wieder versank –, und eigentlich war er zufrieden damit, wollte nicht mehr als diese kaum belebte Abwesenheit, in der er immer noch spürte, daß er fuhr.
Er hatte nicht ausdrücklich geglaubt, entkommen zu sein. Es war nur alles von ihm abgerückt, und er hatte sich geschützt gefühlt. Je weiter er sich von dem Ort seiner Verzauberung entfernte und nach Hause fuhr, um so selbstverständlicher schien er diesem Vorgang seine Wiederherstellung überlassen zu können. Er wurde nach Hause gebracht, und dort würde er ganz von selbst wieder zusammenwachsen mit allem, was zu ihm gehörte, nicht so, als sei das bloß eine vertraute Umgebung, sondern als warte dort auf ihn eine verläßliche und stärkere Verkörperung seiner selbst, die er vorübergehend verlassen hatte und in die er sich verwandelte, mit der er sich wieder vereinigen würde, um unangreifbar zu sein.

Noch war er es nicht. Er war noch nicht zu sich heimgekehrt. Er überließ sich gern diesem Zwischenzustand. Je mehr Zeit verging, je länger die Fahrt dauerte, um so leichter, selbstverständlicher würde die Heimkehr sein, hatte er gedacht.
Doch als er in seinem Stockwerk aus dem Fahrstuhl trat und vor seiner Wohnungstür die Koffer absetzte, um den Schlüssel zu suchen, spürte er ein beklommenes Zögern, einen leisen inneren Druck, als würde er festgehalten. Tür, Klingelschild und der Schlüssel in seiner Hand hatten eine übertriebene Deutlichkeit, gegen die er sich nur behaupten konnte, wenn er sich sammelte und dieselbe Deutlichkeit gewann und also schon wieder der war, der er erst wieder zu werden hoffte, und den er jetzt im Augenblick nur spielen konnte, um in die Wohnung hineinzukommen.
Er schloß auf, trat in die Diele. Seine Frau kam aus der Wohnzimmertür.

»Hallo«, sagte sie, »schon da?«
Er hatte die Koffer abgesetzt und richtete sich auf. Der Kuß, mit dem sie sich begrüßten, entzog ihn einen Moment ihrem Blick. Sofort dachte er daran, sich einen weiteren Aufschub zu verschaffen, und sagte, indem er ihr seine Hände zeigte: »Ich will mich erst einmal waschen.«
»Gut«, sagte sie, »ich mach' uns einen Tee.«
Er ging mit den Koffern nach hinten, legte sie nebeneinander aufs Bett und begann, sie auszupacken. Bei allen Handgriffen, die er tat, genoß er ihre Zweckmäßigkeit, ihre Vorherbestimmtheit. Alles gehorchte einer Ordnung, und er füllte diese Ordnung mit Gegenständen an, so daß sie Stück für Stück an Wirklichkeit gewann. Die schmutzige Wäsche gehörte in den Wäschekorb, die ungebrauchte legte er in die Kommode zurück, der schwarze, selten gebrauchte Anzug kam in eine staubsichere Kleidertüte und wurde so in den Schrank gehängt, in die Winterschuhe schob er Spanner, bevor er sie ins Regal stellte, die Zahnbürste gehörte in den Zahnbecher, die kleinen unbenutzten Seifenstücke, die er aus den Hotels mitgebracht hatte, legte er in ein Fach des Badezimmerschrankes, und schließlich verstaute er die ausgeweideten Koffer in das Kofferfach des Dielenschrankes. Als die Koffer leer waren und er sie abschloß, fiel ihm ein, daß er für seine Frau und seine Töchter kleine Geschenke hätte mitbringen können. Daran hatte er nicht gedacht.

Dann saß er seiner Frau im Wohnzimmer gegenüber, und wieder hatte die Szenerie eine befremdliche Deutlichkeit, an der gemessen er sich selbst unbestimmt und zusammenhanglos fühlte, so als habe er sich in das dunkle Innere seines Körpers zurückgezogen, der nun selbst hier im Sessel in der Haltung eines bequem Sitzenden zur Außenwelt gehörte. Seine Hand dort auf der Lehne, wurzelhaft durchadert und behaart, mit weichen Hautfalten über den Fingergelenken,

befand sich eher draußen als bei ihm selbst, auch als er sie zurückzog und auf seinen Schenkel legte und nun in ihrem Inneren die Wärme seiner Haut fühlte. Gebannt sah er, wie der Tee mit einem kupferfarbenen Strahl in die Tassen floß. Auf dem Glastisch stand eine weiße Porzellanvase. Sie hatte einen breiten, wulstigen Fuß, aus dem, ringförmig abgesetzt, ein langer, schlanker, taillierter Hals hochwuchs, der sich zu einer weiten Öffnung aufbog. Ein großer Strauß Seidenblumen steckte darin. Zinnien. Es waren nachgeahmte Zinnien, mit rosafarbenen, dunkelroten, weißen und blaßbräunlichen Blütenblättern. Als er sie vor einem Jahr gekauft hatte, war er auf die Idee gekommen, sie Tina unter die Nase zu halten. »Riech mal«, hatte er gesagt, und sie hatte es versucht, hatte ihr Gesicht in den Strauß vergraben, bevor sie die Täuschung erkannte.
Echt, fast echt, wie echt, dachte er auch jetzt wieder, und ein anderes Wort antwortete dieser Wortkette, es war das Wort »Harmonie«. Harmonie bezeichnete die Verbindung von allem, was er hier sah. Das weiche, frisch gewaschene Haar seiner Frau gehörte dazu, der Duft, der ihm vermutlich entströmte, die wolkenhaft abgedunkelte Spiegelung der Blumen in der Glasplatte, die Wärme des Zimmers, vor dessen großen Fenstern das beschneite Geäst der Straßenbäume stand, und vor allem die Tatsache, daß er mit dieser Frau verheiratet war und ihr hier in ihrem gemeinsamen Wohnzimmer von seiner Reise erzählte: Alles das gehörte zusammen.
Nur daß es ihm so vorkam, als sei es die Reise von jemand anderem, der er einmal gewesen war und die er deshalb noch beschreiben konnte, so wie es erwartet wurde, ein täuschend lebensnahes Bild, das gegen seinen Willen ein wenig zur Karikatur geriet.
Die Harmonie, die er ringsum wahrnahm, hielt alles zusammen. Auch seine Art zu sprechen gehörte in diesen Raum: dieses rasche Verfügen über die Dinge, wie es unter Ver-

trauten üblich ist. Manchmal schmückte er seine Erzählung mit kleinen ironischen Charakterisierungen, die ihr Einverständnis voraussetzten, die Gewißheit, daß sie genauso dachte wie er, die Selbstverständlichkeit, mit der man verbündet war. »Goldscheider hat seinen Goldrahmen bekommen«, sagte er, als er von der Totenfeier sprach. Und Strassers Vortrag nannte er »eine würdige Form wissenschaftlicher Erbschleicherei«. Er erzählte auch von dem Imbiß bei der Witwe, und wie auf einmal die laute, fröhliche Stimme des Schulrates ertönt sei, als die warme Suppe ins Zimmer gekommen sei. Er nannte das »die Stimme des Lebens«.
Er redete wie immer. Aber alles, was er sagte, klang in seinen Ohren wie zurechtgemacht. Wahrscheinlich übertrieb er, weil er mit seinem Gerede etwas verschweigen oder vertreiben wollte, woran zu denken er sich weigerte, damit es nicht lauter wurde als das kaum vernehmliche Flüstern, das sich immer zwischen seine Worte mischte. Seine Frau sah angestrengt aus. Sie gab sich Mühe, ihm zuzuhören und zu lächeln, aber sie fühlte sich nicht wohl dabei. Ich rede wie ein Fremdenführer, dachte er, ein Fremdenführer, der Anekdoten erzählt über Leute, die längst gestorben sind. Auf einmal merkte er, daß er schleppend sprach und sich wiederholte.
»Bist du müde?« fragte seine Frau.
Ja, er war ein wenig müde. Froh, sich mit ihr darauf einigen zu können, entspannte er sich. Sie begann, von ihrer eigenen Arbeit zu erzählen und von einem Konzert in Tinas Schule. Er hörte ihr zu, in sich zurückgesunken. Die dunkle, undeutliche Spiegelung der Blumen schien unter der Glasplatte zu schweben. Das umgekehrte Bild der Vase war ein weißer Strahl, der verblaßte und sich auflöste in diese dunkelbunte Wolke, die in einer anderen Dimension hing.
Wieder überließ er sich seiner Gedankenleere.

In der Diele klingelte das Telefon. Er saß nachdrücklicher, steifer in seinem Sessel.
»Sicher für dich«, sagte seine Frau.
Er wollte schon aufstehen, aber etwas warnte ihn. Es war das Klingelzeichen selber, seine Dringlichkeit, die schrille, gebieterische Forderung, die er daraus hörte.
»Wieso für mich?« fragte er.
»Es ist bestimmt diese Frau aus Hamburg, die immer nach dir fragt.«
Er übersah nicht, was geschehen war, konnte sich nur blind wehren.
»Geh du ran«, sagte er. »Sag, ich sei nicht da.«
Seine Frau stand unwillig auf, ging in die Diele und meldete sich. Er sah durch die offene Tür, daß sie den Hörer nur kurz ans Ohr hielt und wieder auflegte.
»Nichts«, sagte sie, als sie zurückkam. »War schon unterbrochen.«
Sie setzte sich ihm gegenüber und schien abzuwarten, ob er etwas sagen würde.
»Eine Frau aus Hamburg?« fragte er.
»Ja, sie hat schon vor zwei Tagen angerufen und gefragt, wo du bist?«
»Als ich in Cuxhaven war?«
»Ja.«
Wieder klingelte das Telefon.
»Nun geh du ran«, sagte sie.
Er stand auf und ging in die Diele, wagte nicht, die Tür hinter sich zuzuziehen. Ihr Blick verfolgte ihn, er glaubte ihn in seinem Rücken zu spüren und blieb so stehen, etwas vorgebeugt und den Hörer fest gegen sein Ohr gepreßt.
»Elsheimer«, sagte er.
Sofort hörte er ihr Flüstern: »Endlich! Da bist du. Ich sehne mich so nach dir. Ich muß dich sprechen. Ruf mich doch wieder an. Bitte, ruf mich heute nacht an!«

Sie hatte aufgelegt. Ihre Stimme war wie ein heißer Atemstoß durch ihn hindurchgegangen und hatte ihn betäubt. Und unter seiner Reglosigkeit spürte er etwas anderes, Gefährliches: eine flammende Erregung. Er ging ins Zimmer zurück und setzte sich, sah die erwartungsvolle Aufmerksamkeit im Gesicht seiner Frau.
»Wieder nichts«, sagte er.
Er hatte das ohne nachzudenken hervorgebracht, aus dem einfachen Instinkt, alles wegzuschieben und zu leugnen, was ihn in Bedrängnis brachte, und erst nachträglich fragte er sich, ob sie das heftige, erregte Flüstern nicht gehört haben könne. Nein, wohl nicht, das wohl nicht. Aber ihr Argwohn schien trotzdem geweckt zu sein, oder jedenfalls ein Aufmerken, ein Befremden, das kurz davor war, Argwohn zu werden.
»Wie? Nichts?« sagte sie ärgerlich. »Du hast doch ziemlich lange zugehört.«
»Ja«, gab er zu, »sie war dran. Aber sie hat sich nicht gemeldet.«
»Warum? Wollte sie, daß du sprichst?«
Er zuckte die Achseln.
»Vielleicht.«
Und in dem gleichen wegwerfenden Ton, den er sich jetzt schon zutraute, fügte er hinzu: »Wenn sie es war.«
Schon besser, dachte er. Allmählich schien er die Situation in die Hand zu bekommen. Eins ergab sich aus dem anderen und fügte sich zu einer Linie, die er behaupten konnte: Ja, es gab diese Frau. Das konnte er nicht bestreiten. Sie hatte nach ihm gefragt, sie hatte sich auffällig gemacht, und sie würde es zweifellos noch mehr tun. Aber er konnte allem zuvorkommen, indem er sagte, daß sie eine Verrückte sei.
Eine Verrückte. Eine Neurotikerin, aber doch eine besondere. Aus unerfindlichen Gründen hatte sie ihn eines Tages angerufen und ihm von ihrer unglücklichen Liebe erzählt.

Sie war sehr bizarr, wie alle gestörten Menschen. Vor allem hörbar depressiv, sie hatte eine Sprechstörung. Er konnte sie deshalb nicht einfach abweisen. Jedenfalls war er nicht rigoros genug.
»War sie bei dir in Cuxhaven?« fragte seine Frau.
»Nein«, sagte er mit Überzeugung. Und in einer plötzlichen Durchtriebenheit, die ihn selbst wunderte, sagte er lächelnd: »Vielleicht bin ich ihr entkommen. Ich bin ja gleich abgefahren.«
Seine Frau sah ihn ruhig an. Ihr Gesicht war nachdenklich, ohne Anspannung. Sie kam ihm sehr klug vor, und er fühlte sich unwürdig.
»Dein Interesse an der Geschichte verstehe ich nicht«, sagte sie. »Eitelkeit?«
Er nickte bereitwillig.
»Ein bißchen. Aber nur anfangs.«
»Du hast dich viel zu weit darauf eingelassen.«
»Ja, ja, ich weiß«, sagte er, »ich muß das jetzt abbiegen. Am besten gehe ich vorläufig nicht ans Telefon. Dann bin ich eben nicht da, wenn sie anruft.«
»Und vormittags?«
»Ich werd's ihr schon klarmachen.«
Seine Frau stellte das Teegeschirr auf das Tablett. Er half ihr, reichte ihr seine Tasse und die Zuckerdose.
»Danke«, sagte sie, und im Aufstehen, schon halb zum Gehen gewandt: »Ich hoffe nicht, daß das jetzt so weitergeht.«
»Nein, nein«, pflichtete er ihr bei.
In diesem Augenblick war er überzeugt, daß der Spuk verflogen war. Jetzt war der Zeitpunkt, um endlich Schluß zu machen. Das war ihm so klar, daß er sich schon befreit fühlte. Es war vorbei.
Er sah seiner Frau nach, um sich ihrer zu vergewissern, und als habe sie das gespürt, blieb sie im Durchgang zur Küche stehen und wandte sich um.

»Claudia kommt heute nach Hause. Zum Abendessen.«
»Ach wie schön«, sagte er.

Erleichtert ging er in sein Zimmer, um sich mit den Papieren und der Post zu beschäftigen, die auf seinem Schreibtisch lagen. Doch zunächst einmal setzte er sich und rieb mit beiden Händen über sein Gesicht, als streife er eine Maske ab. Er hatte seine Frau belogen, indem er ihr die halbe Wahrheit erzählte. Aber das war eine erlaubte Täuschung, er hatte richtig gehandelt, sie waren sich dadurch wieder nähergekommen. Er hatte seine Befangenheit ihr gegenüber verloren. Es gab jetzt eine offizielle Version der Geschichte, und es lag an ihm, sie unanfechtbar zu machen. Denn was letzten Endes die Wahrheit war, darüber würde sein Verhalten entscheiden. Im Grunde war seine Schilderung nicht falsch gewesen. So hatte er die Geschichte zu Anfang gesehen. Und daß sie ihm dann entglitten war, das konnte er jetzt wieder korrigieren. Diese plötzliche Reise nach Hamburg hatte ihn aus dem Tritt gebracht. Sie hatte sich gerade in dem Augenblick ergeben, als er verwirrt war durch das nächtliche Telefongespräch. Ohne diesen Zufall wäre alles anders gelaufen. Er hätte die Übersicht behalten. Er hätte sich diesen Abweg, diese befremdliche Entgleisung erspart, von der er nie jemandem erzählen konnte. Aber es war ja gutgegangen, alles war gutgegangen.
Er begann, die Manuskripte und Briefe auf seinem Tisch durchzusehen. Eine Dissertation war dabei, die er als Koreferent lesen mußte, die Rechnung einer Weinhandlung, der Spendenaufruf einer Bürgerinitiative, die sich um ausländische Flüchtlinge kümmerte, eine Vortragseinladung aus der Schweiz für das kommende Frühjahr, ein Antrag für ein Forschungsstipendium, zu dem er ein Gutachten schreiben mußte, der Fragebogen eines bio-bibliographischen Lexikons, eine Grußkarte aus Madrid von einem befreundeten

Kollegen und ein Zettel mit einer kurzen Notiz in der Handschrift seiner Frau: »Du sollst diese Nummer in Hamburg anrufen!«
Es war ihre Nummer. Er wußte sie auswendig. Seine Frau hatte sie groß und deutlich auf die Mitte des Zettels geschrieben. Das ist überholt, sagte er sich, das ist jetzt überholt.
Aber er mußte noch einmal mit ihr telefonieren, um ihr alles zu erklären. Er mußte ihr deutlich machen, daß Schluß war, daß es nicht mehr so weiterging. Irgendwie mußte er das schaffen. Sie würde es nicht einsehen wollen, und er konnte sie nur loswerden, wenn er sich ihr ganz anders zeigte als bisher, wenn er sie zurückstieß und alles, was geschehen war, zu einer verrückten Laune herunterspielte.
Er knüllte den Zettel zusammen und warf ihn in den Papierkorb. Dann nahm er den Fragebogen, den die Redaktion des Lexikons ihm geschickt hatte, und sah sich an, was man von ihm wissen wollte: Geburtsdatum und Geburtsort, den Familienstand, den wissenschaftlichen Werdegang in Stichworten, seine Veröffentlichungen und Herausgeberschaften, seine Mitgliedschaft in Akademien und wissenschaftlichen Gesellschaften, eventuelle Ehrungen und Preise. Sorgfältig, in Druckbuchstaben, wie es auf dem Beiblatt verlangt wurde, begann er, die Sparten auszufüllen.

Als er fast damit fertig war und nur noch aus dem Flurregal ein Buch holte, dessen Erscheinungsjahr er vergessen hatte, hörte er im vorderen Teil der Wohnung Stimmen. Claudia war wohl heimgekommen und wahrscheinlich auch Tina, die in der Stadt gewesen war, bei irgendeiner Schulkameradin. Vielleicht waren sie gleichzeitig nach Hause gekommen, hatten sich zufällig getroffen, und wie immer, wenn sie sich längere Zeit nicht gesehen hatten, überstürzten sich ihre Stimmen. Vermutlich war auch seine Frau dabei. Sie standen alle drei in der Küche und redeten, während seine Frau das

Abendessen vorbereitete und ihre Töchter zu ein paar Handreichungen aufforderte, die sie ganz nebenbei erledigten.
Er lauschte, konnte nichts verstehen. Nur daß es die drei vertrauten Stimmen waren, die sich sehr ähnelten, so daß es leicht war, sie zu verwechseln. Wenn sie zu dritt redeten, schienen sie sich noch mehr einander anzugleichen. Es war eine so geschlossene, so vollkommene Szene, daß er gegen seinen Impuls in sein Zimmer zurückging und sich wieder vor seinen Schreibtisch setzte. Er trug die Jahreszahl nach und starrte auf das Blatt. Bin ich das, dachte er. Nein, das bist du nicht, sagte die fremde Stimme. Du bist es nicht? Du bist es nicht!
»Doch«, sagte er laut.
Er erschrak über seine Stimme. Er hatte es wirklich laut gesagt, als sei jemand im Zimmer, dem er widersprechen müsse.

Etwas später war Claudia hereingekommen, hatte ihn mit einem Kuß und einer kurzen Umarmung begrüßt und zum Essen geholt, und als er mit seiner Familie im Lichtschein der Hängelampe am gedeckten Tisch saß, hatte er sich aufgehoben gefühlt. Dann war ihm aufgefallen, daß Tina und Claudia fast allein die Unterhaltung bestritten und sich zwischen ihm und seiner Frau ein Schweigen ausbreitete, das immer unüberbrückbarer wurde, obwohl er nicht wußte, ob jemand außer ihm das bemerkte. Heimlich beobachtete er sie und versuchte, ihre Gedanken zu lesen. Etwas schien sie zu beschäftigen, denn sie reagierte auf die Unterhaltung der beiden Töchter nur flüchtig und schwach und immer nur, wenn sie direkt gemeint war. Einmal begegneten sich ihre Augen. Aber sie wichen sich gegenseitig aus, und er hatte ihrem Blick nichts entnehmen können.
Nach dem Essen stand sie gleich auf und ging in ihr Zimmer. Tina und Claudia hatten sich bereit erklärt abzuräumen.
Auch er ging in sein Zimmer, unruhig, mit widersprüchlichen Gefühlen. Er hatte das Bedürfnis, mit seiner Frau zu

sprechen und ihr aus dem Weg zu gehen, und das ließ ihn eine Weile unschlüssig herumstehen und die Bücherrücken auf dem Regal neben seinem Schreibtisch betrachten, ohne daß er sie wirklich sah. Schließlich setzte er sich in seinen Lesesessel, knipste über sich die Lampe an und begann in der Dissertation zu lesen, die er beurteilen mußte. Er fing nicht vorne an, sondern wählte ein Kapitel aus, das ihn interessierte und für das er sich zuständig fühlte, aber nach einigen Minuten angestrengten und schnellen Lesens mußte er zugeben, daß er nichts verstanden hatte. Der Text hatte sich in einzelne Sätze und Worte aufgelöst, ihn aber immer noch getäuscht, durch das vage Gefühl von Bescheidwissen, das die Begriffe in ihm hervorriefen. Aber er konnte jetzt nicht sagen, worum es in dieser Arbeit ging. Den Doktoranden kannte er ziemlich gut. Es war ein struppiger, schwarzhaariger, ziemlich scheuer junger Mann, mit einem unsteten Blick, der aber in den Seminaren die anderen Studenten durch seinen wissenschaftlichen Hochmut einschüchterte. Er hatte immer eine gewisse Sympathie für ihn gehabt, oder nicht eigentlich für ihn, sondern für den schwierigen Kampf um seine Selbstbehauptung, den er führte. Er hatte in seiner Dissertation eine lange Liste abstrakter Kommunikationsmodelle aufgestellt, »formale, deduktive Explikate«, wie er es nannte, und weil sie leer waren, Strukturen mit wechselnden Variablen, aus denen er immer neue Kombinationen ableitete, schienen sie alle gleich zu sein.

Elsheimer zwang sich weiterzulesen. Die Arbeit hatte ihre Logik, eine konsequente Begrifflichkeit. Aber wieder gelang es ihm nicht, hineinzukommen. Er verstand und verstand nicht, er bekam nichts zu fassen, außer diesem Gefühl von vagem Bescheidwissen, von Verständigtsein, das ihm eine dauernde leise Übelkeit verursachte, als strömten die Worte, die er las, einen durchdringenden faden Geruch aus, der in ihn einzog und sein Bewußtsein durchtränkte und ihn

allmählich unfähig zu jeder Empfindung machte. Das wurde stärker, je länger er las, und es hielt noch an, als er die Dissertation schon zugeschlagen hatte und die Augen schloß, um den Text in sich auszulöschen.
Was für eine Sprache war das und was für Menschen drückten sich darin aus! Wie unverständlich, daß er selbst so geredet, so gedacht hatte. Und wie beängstigend weit war er jetzt davon entfernt.
Eine Weile blieb er so sitzen, reglos, auf sich zurückgedrängt. Ich bin noch derselbe, sagte er sich. Ich werde schon wieder reinkommen, ich werde wieder meine Routine finden. Wenn er erst alle seine anderen Verpflichtungen erledigt hatte, würde er auch an seinem Buch weiterschreiben. Dieser bedrohliche Widerwille, den er auf einmal gegen alles empfand, was sein gewohntes Leben ausmachte, würde sich wieder verlieren.
Er stand auf, um nach vorne zu gehen. Er wollte nicht allein sein. An dem Lichtschein im Schlüsselloch sah er, daß seine Frau in ihrem Zimmer war. Er klopfte an und trat ein. Sie saß an ihrem Schreibtisch, mit dem Rücken zur Tür, und an der Art, wie sie sich umdrehte, sah er, daß sie nicht gestört sein wollte.
»Was ist?« fragte sie
»Nichts. Ich wollte nur sehen, was du machst.«
»Ich schreibe einen Brief an Susanne. Der ist schon lange fällig. Kann ich denn wirklich nicht mal allein sein?«
»Ich war doch gerade verreist«, sagte er. »Ich dachte, wir trinken ein Glas Wein mit den Mädchen.«
»Später. Kannst du nicht verstehen, daß ich mich mal konzentrieren möchte?«
»Sicher«, sagte er.
Sie wollte an ihre jüngere Schwester schreiben, die in einer dauernden Ehekrise lebte, und sie schrieb wohl einen Beratungsbrief, irgendeine lange Analyse der Situation, wie sie

sich ihr darstellte. Das war ihre Rolle als ältere Schwester, von der sie ihr Leben lang nicht loskam. Aber sie genoß es auch. Susanne, die sich an ihrer zweiten, auch schon gescheiterten Ehe festkrallte, gab ihr reichlich Gelegenheit, die Vernünftigere zu sein.
Er schickte sich an zu gehen.
Vielleicht war es auch anders. Er wußte nicht, was seine Frau schrieb. Er kannte ihre Gedanken nicht. Wie sie sich abwandte und wieder über den Briefblock beugte, der vor ihr im Lichtschein der Lampe lag, durchfuhr es ihn, daß sie genauso große Bereiche von Geheimnis und Einsamkeit vor ihm verbarg wie er vor ihr, und daß sie beide schweigend darüber hinweglebten. Er wußte nicht, wovon sie lebte. Woher sie ihre Kraft holte und manchmal ihre Kälte, ihre Fähigkeit sich zurückzuziehen.
»Entschuldige«, sagte er.
Sie blickte sich noch einmal um.
»Diese Frau hat vorhin wieder angerufen. Das wird wirklich lästig.«
»Jaja«, sagte er, »ich mach das schon.«
Er zog die Tür zu, vorsichtig, als wolle er die Störung wieder gutmachen. Ich könnte sie jetzt anrufen, dachte er. Jetzt bin ich allein. Es kann ja ein kurzer Anruf sein, nur um sie zu beschwichtigen. Ich werde sagen, daß ich später wieder anrufe, wenn ich mehr Zeit habe und allein bin.
Ja, das wollte er tun. Es würde ihm Ruhe geben und eine weitere Frist, sich wieder zurechtzufinden. Er wollte nur noch nachsehen, was die beiden Mädchen machten, dann das Telefon umstellen und in sein Zimmer gehen.

Tina und Claudia saßen vor dem Fernseher und sahen sich ein Tanzturnier an. Es war ein Wettbewerb in den Formationstänzen. Gerade war eine Gruppe dran, deren Damen goldfarbene Kleider trugen, die wie schaumige Quasten um

ihre Hüften standen, während Rücken und Oberarme ganz entblößt waren. Die Formation bewegte sich nach komplizierten Gesetzen, wie eine große Blüte, die sich öffnete und schloß, dann plötzlich zersprühte und neue Zentren, neue Muster bildete, und manchmal zeigte die Kamera einzelne Gesichter, die vorbeischwebten, entrückt lächelnd und leergeräumt von einer fremden Ekstase.
Elsheimer blieb hinter dem großen Sessel stehen, in dem Claudia saß, und stützte sich auf die Lehne. Er sah unter sich ihren Scheitel und spürte eine seltsame Rührung. Alle sind verloren, dachte er, ohne jeden Zusammenhang. Das goldfarbene Wogen und Fließen ging weiter, mischte und durchdrang sich.
»Die sind toll«, hörte er Tina sagen.
»Ja«, sagte er.
Claudia drehte sich lächelnd zu ihm um und berührte leicht seine Hand.
»Setz dich doch«, sagte sie.
»Nein,« sagte er, »ich habe noch zu tun.«
Er blieb noch einen Augenblick hinter dem Sessel stehen, dann ging er. In der Diele stellte er das Telefon in sein Zimmer um.

Aber er zögerte anzurufen. Und je länger er wartete, um so größer wurde seine Hemmung. Er war erregt, wollte es aber nicht wahrhaben und verfiel in eine quälende Starrheit. Wenn er jetzt anriefe, würde sie ihn überrennen, er würde das Gespräch nicht in der Hand behalten. Den ganzen Abend schon fühlte er diese Unrast in sich, ein Suchen, das nicht wußte, was es finden wollte. Er brauchte irgend etwas, das ihm ein Gefühl von Wirklichkeit und Zusammenhang gab.
Ruf mich an! Ruf mich heute nacht an!
Dieses Warten, dieses Lauern, das ihn ansaugte.
Er war hier. Dies war sein Ort. Er fühlte sich versucht auf-

zuzählen, was alles zu ihm gehörte, die Menschen, die mit ihm lebten, sein Beruf, seine Wohnung, sein Eigentum, seine gesicherte Zukunft. Und dies da, diese gesichtslose Versuchung, war sein Feind. Ein Feind, der die Grenzen überschritten hatte und überall anzutreffen war. Ergib dich, flüsterte der Feind, ergib dich mir, und ich werde dir alles geben, was du wünschst. Ich werde deine Wünsche aufdekken, die du dir zu verschleiern suchst.

Er versuchte sich etwas vorzustellen, eine Szene der Verführung, die seinen schnellen Herzschlag rechtfertigte, aber da war nichts, was sich ihm zeigen wollte, und er starrte das Telefon an, das eine fremde Kraft zu bergen schien. Dann verflog das, und er schob das Telefon ein Stück von sich fort, an den hinteren Rand des Tisches, und im gleichen Moment ärgerte er sich über diese Bewegung und suchte sie nachträglich zu begründen, indem er die Dissertation an sich heranzog und wieder darin zu lesen begann, von vornherein unaufmerksam, so daß er nicht merkte, daß er nichts verstand, und in eine ruhige, betäubte Gleichgültigkeit hinüberglitt. In der Tiefe war immer noch das Flüstern. Ruf mich an! Ruf mich heute nacht an! Er las weiter, um es zu ersticken. Doch nach einiger Zeit merkte er, daß er nur vor sich hinstarrte. Sein Nacken war steif und schmerzte, und er fühlte sich deprimiert. Ruf mich an, bat die Stimme. Aber nichts rührte sich in ihm außer einer fernen, wesenlosen Angst.

Er stand auf und ging nach vorne. Auf dem Telefontisch in der Diele lagen zwei frankierte Briefe und eine Postkarte mit der Handschrift seiner Frau. Sie hatte ihr Pensum geschafft und saß jetzt im Wohnzimmer, wo er ihre Stimme hörte. Tina kam aus der Küche. Sie war im Nachthemd und trug ein Glas Milch in der Hand. »Gute Nacht«, sagte sie und ging hinter ihm vorbei. Er trat in das Wohnzimmer. Seine Frau und Claudia blickten kurz zu ihm auf. Sie hatten

schon eine Flasche Wein geöffnet und unterhielten sich. Er setzte sich dazu und goß sich auch ein Glas ein. Plötzlich war er so müde, daß es ihm schwerfiel sich aufrecht zu halten, und als seine Frau ihn fragte, ob er gearbeitet habe, konnte er nur ja sagen. Er saß hinter einem Vorhang in ohnmächtiger Stille, und wieder kam die Angst wie eine dunkle Strömung, die ihn fortziehen wollte. Er fühlte sich angesehen von Augen, die alles über ihn wußten und ungerührt seinem Verfall zusahen. Warte, warte, du hast dich sicher gefühlt in deinem patenten Leben. Aber das war eine Täuschung. Jetzt wirst du an mir umkommen. Und das ist es, was du willst.
Seine Frau stand auf. Sie wollte zu Bett gehen. Er folgte ihr. Beim Ausziehen und Waschen und den wenigen Worten, die sie dabei wechselten, hatte er das Gefühl, sie brächen gemeinsam wie eingespielte Handwerker ein Gerüst ab. Das war der Tag, der zu nichts mehr taugte, der nicht mehr gebraucht wurde. Vielleicht sollte er begraben werden, weil etwas daran falsch war, was sich jetzt nicht mehr korrigieren, nur noch vergessen ließ. An der entschlossenen Eile ihrer Bewegungen spürte Elsheimer die Ablehnung seiner Frau, und als er trotzdem im Bett seine Hand nach ihr ausstreckte, wandte sie sich ab.

»Ja, ich komme«, murmelte er, »ich komme.« Er war noch nicht ganz bei sich, wußte nur, etwas hatte ihn geweckt, leise und inständig, eine Berührung, die sich in nichts auflöste, sobald er wußte, wo er war. Eine eisige, stumpfdunkle Luft war im Zimmer, und neben sich hörte er die tiefen Atemzüge seiner Frau. Seine Kopfhaut juckte. Das war der einzige Widerstand, ein letzter hilfloser Störversuch, der sich ihm in den Weg stellte. Er stand auf, wand sich seitlich auf der Bettkante unter der kaum gelüfteten Decke hervor und ging leise aus dem Zimmer. Die Kälte faßte seine Beine, seinen Rükken, stand auch eisig im Flur, aber im Badezimmer war es wärmer. Er machte Licht und schlüpfte in seine Hose. Neben seinen Kleidern lagen die Kleider seiner Frau ausgebreitet auf der Wäschetruhe, und er nahm seine schnell dort weg, hielt sie einen Augenblick zusammengerafft in seinen Händen und warf sie über den Hocker. Er stand still, glotzend und abwesend, aber ein Zittern überkam ihn, und er machte rasch weiter.

Bevor er in den Flur trat, schaltete er das Licht aus und schlich durch seine dunkle Wohnung, schloß im Gehen Reißverschluß und Knöpfe. Vorsichtig öffnete er die Tür des Dielenschrankes und nahm seinen Mantel heraus. Er handelte nicht überlegt, bewegte sich aber zielstrebig wie jemand, der einen fremden Plan ausführt, den er sich nicht angeeignet, nicht eingeprägt hat, sondern der von ihm so vollständig Besitz ergriffen hatte, daß ihm Angst und Bedenken genommen waren und nichts übrigblieb als ein machtloses Staunen. Er klinkte die Wohnungstür auf und zog sie leise hinter sich ins Schloß. Aha, dachte er, gutes, leises Schloß, dich hat niemand gehört. Leichtfüßig lief er im Dunkeln die Treppe hinunter und schloß die Haustür auf. Ich bin es nicht, dachte er, während er mit dem Bart des Schlüssels nach der Kerbe tastete. Aber da überschwemmte ihn ein heißer Blutstoß mit der Gewißheit, daß er es war, hier, dieser Verrückte, der bereit war, alles aufs Spiel zu setzen und zu zerstören, um jetzt sofort mit dieser Frau zu sprechen, und daß es gerade die Zerstörung war, die er suchte, der er sich ergeben wollte, als enthielte sie ein ungeahntes Versprechen.

Er stand draußen. Eine grau-schwarze Welt empfing ihn, starr vor Frost, ohne einen Windhauch, erfüllt von einem kalten Vollmondlicht, in das die Hängelampen zwischen dem Geäst der Straßenbäume eigene Lichthöfe strahlten. Einen Atemzug lang drückte ihn das Bild gegen die Hauswand und wollte ihn einbeziehen in seine eisige Reglosigkeit und Stille. Er machte einen Schritt, und beinahe wäre er gestürzt. Der unebene Schnee war überzogen von einer dicken, harten Eiskruste, die auch unter seinen Schritten nicht brach. Vorsichtig, aber immer noch so schnell wie er konnte, ging er auf den kleinen Platz beim Park zu, wo die Telefonzelle stand. Ich könnte mir die Knochen brechen, dachte er, ich würde hier liegenbleiben und müßte um Hilfe schreien, oder wenn ich ohnmächtig würde, wenn ich auf den Kopf fiele, würde ich erfrieren und morgens gefunden werden. Und alles das würde die Wahrheit sein, die offenbar gewordene Wahrheit des Traums, durch den er sich vorwärts tastete, den Blick auf seine Füße gerichtet und den eingefrorenen Dreck, die Aschenreste und Urinflecken unter dem Eislack, diesen schmutzigen, wüsten Traumteppich, über den er ging und an dessen Ende, vor dem Schwarz der Parksträucher, die erleuchtete Telefonzelle stand.

Er mußte sich anstrengen, um die Tür zu öffnen, in deren Scharnieren der Frost saß. Dann hob er den Hörer ab, steckte alle seine Münzen in den Schlitz und wählte ihre Nummer.

»Da bist du«, sagte sie.

Ihre Stimme fiel über ihn wie ein Schatten, eine lähmende Dunkelheit.

Er konnte nur »ja« sagen.

»Wo bist du«, fragte sie leise, »in der Wohnung?«

»Nein«, brachte er hervor, »ich bin aus dem Haus gelaufen.«

»Oh, wie schön! Ich danke dir! Jetzt bist du schon fast bei mir. Beschreib mir, wo du bist, damit ich dich sehen kann.«

»In einer Telefonzelle bei einem Park. Ich bin allein hier. Kein Mensch ist zu sehen.«

»Ist es kalt?«

»Ja, kalt zum Sterben.«

»Warte«, flüsterte sie, »warte einen Augenblick.«

»Was ist«, fragte er, »was machst du?«
Er hörte ein Geräusch. Plötzlich war sie wieder da.
»Ich habe das Fenster aufgerissen. Ich möchte die Kälte spüren wie du. Berühren wir uns jetzt? Spürst du es?«
»Ja«, sagte er.
»Ich liege auf meinem Bett. Ich bin nackt. Aber mir ist ganz heiß.«
»Ich möchte bei dir sein.«
»Ja, komm zu mir. Ich will dich wärmen.«
»Wie denn? Ich stehe in dieser Telefonzelle. Ich bin weit weg.«
»Das macht doch nichts. Schließ die Augen und komm zu mir.«
»Ja, ich tu es.«
»So, jetzt komm ganz zu mir, ganz zu mir, ganz zu mir«, flüsterte die Stimme, und mit jedem Wort drang sie tiefer in ihn ein, besetzte seinen Körper, lähmte, überwältigte seinen Widerstand, zwang ihm ein Stöhnen ab, das nicht zu ihm gehörte, und mitten im Taumel seiner Auflösung krümmte ihn die Demütigung seiner Niederlage.

Er lebte nun in zwei Welten. Jeden Tag wartete er ungeduldig darauf, daß er allein war, um sie anzurufen, und immer erwartete sie ihn mit der gleichen Ungeduld, die sich in einem Aufseufzen, einem tiefen Atemzug entlud. Es geschah nie, daß sie nicht da war, als sei es ihr unmöglich, aus dem Haus zu gehen, bevor sie mit ihm gesprochen hatte. Und in seiner Vorstellung sah er sie nie anders als in einem höhlenhaften, abgedunkelten, engen Zimmer, in dem sie sich wenig bewegte. Sie hockte oder lag auf ihrem Bett und sandte einen Gedankenstrom aus, von dem er überall erreicht wurde und der sich seiner bemächtigte wie eine heimliche Berührung.
Wenn er zu lange damit wartete sie anzurufen, weil er verhindert oder nicht allein war, dann ließ sie in kürzer werden-

den Abständen das Telefon klingeln. Und sobald er sich meldete, flüsterte sie ihm rasch ein paar Worte ins Ohr: »Was ist? Hast du mich vergessen? Bitte, ruf mich an.« Oder sie empfing ihn mit ihrem Schweigen. Und wenn er dann fragte, was los sei, warum sie nicht spreche, sagte sie nur leise, als wische sie damit alle seine einfältigen und überflüssigen Worte beiseite: »Komm zu mir!« Manchmal fragte sie ihn auch mit einer spielerischen Herausforderung: »Willst du heute nicht zu mir kommen? Glaubst du, daß du das aushalten kannst?« Aber der spielerische Ton war nur ein Vorwand, denn er hörte ihre kaum verhaltene Lust an seiner Unterwerfung heraus. Ging seine Frau oder eine seiner Töchter ans Telefon, meldete sie sich nicht, zögerte aber aufzulegen, als lauere sie darauf, irgendein Zeichen ihrer Wirkung, ein von ihr erregtes Gefühl, einen Tonfall von Ärger oder Verwirrung zu erhaschen.
Für seine Frau und die Töchter war sie die Verrückte. »Die Verrückte hat wieder angerufen.« Wenn sie das sagten, lächelte er, zuckte mit den Schultern und machte eine Bemerkung, wie sie von ihm erwartet wurde: »Ihr müßt mich verstecken, wenn sie anrückt.« Oder: »Nehmt mich bloß vor ihr in Schutz.« Es gab keine andere Möglichkeit, und er ergriff sie bedenkenlos mit der Durchtriebenheit, die er inzwischen an sich kannte, doch zugleich beschämt und verwirrt durch diesen doppelten Verrat.

Wenn er eben konnte, versuchte er ihren Anrufen zuvorzukommen, und allmählich konnte er nicht mehr unterscheiden zwischen seiner Vorsicht und seinem Verlangen. Er wußte, sie würde nicht lange warten können. Aber auch er konnte es nicht und harrte in einer nervösen Gespanntheit auf den Moment, wenn seine Frau die Wohnung verließ. Das geschah immer unregelmäßiger in der letzten Zeit, weil irgend etwas in ihrem Arbeitskreis sich verändert hatte. So saß er oft, unfähig sich zu konzentrieren, über seiner Arbeit und wartete, was er zuerst hören würde, die ins Schloß fallende Wohnungstür oder das ungeduldige Klingeln des Telefons. Sobald seine Frau gegangen war, stellte er sich hinter das Wohnzimmerfenster und sah zu, wie sie die Straße überquerte und hinter der nächsten Häuserecke verschwand. Dann wählte er rasch die Nummer und sagte, er ginge jetzt los, um anzurufen.

Das hatte er sehr bald eingeführt und ihr erklärt. Er mußte von anderen Apparaten aus sprechen, damit die Gespräche nicht auf seiner Rechnung erschienen. Es war eine der listigen, schnell erfundenen Praktiken, mit denen er sich zurechtfand in seinem Doppelleben. Doch zugleich war diese kurze Ankündigung, dieser verschwörerische Wortwechsel das Signal, mit dem er sich in Erregung versetzte. Alles, was ihn noch festhielt, wich zur Seite, fiel von ihm ab. Sein Herz pochte schwerer und schneller, und sein inneres Leben zog sich zusammen. Er empfand es als eine helle, brennende Kugel, eine heftige Zusammenballung aller seiner Energien, umkreist von Resten ohnmächtiger alter Gedanken und Einsprüche, wie von einem unverständlich werdenden Geflüster. Je mehr sein gewohntes Leben versandete, um so dringender brauchte er diese Erregung, und je mehr er sich ihr überließ, um so rascher und unaufhaltsamer verlor alles andere seinen Sinn.

Es nützte ihm nichts, daß er diesen Zirkel durchschaute, denn dahinter drehte sich noch ein anderer, der ihn immer tiefer hineinzog und unaufhörlich seine Kraft gegen ihn selbst wendete. Er fing an, von seiner Zerstörung zu leben. Je mehr er der Versuchung erlag, um so mehr verachtete er sich und um so ausschweifender bestrafte er sich täglich mit neuen Niederlagen und Unterwerfungen.

Ich bin ohnehin verloren, sagte er sich, wenn er abwesend durch die Straßen lief und nach einer leeren Telefonzelle suchte, um dieser fremden, unsichtbaren Frau vorzuführen, daß er ihr verfallen war. Mit bebenden Fingern warf er seine Münzen ein, sah die kleine rote Zahl des Zählwerks aufleuchten und hörte ihre Stimme. Und oft kam es ihm so vor, als wäre er angeschlossen an einen betrügerischen Automaten, der immer dieselben Worte und Laute ausstieß, solange er neue Münzen nachsteckte, Worte, in denen nichts zu finden war als das nichtige Echo seiner eigenen Worte und eine zehrende Leere, die ihn immer süchtiger machte.

Anscheinend ging es ihr genauso. Denn immer, wenn er Schluß machen mußte, weil sein Geld zu Ende ging oder ungeduldige Leute vor der Zelle standen, beschwor sie ihn, gleich wieder anzurufen. Dann lief er weiter, als stünde er unter einem Zwang, trat in Geschäfte und kaufte sinnlose Kleinigkeiten, um seine Geldscheine gegen Münzen zu wechseln und wieder irgendwo in einem anderen Stadtteil mit ihr zu sprechen.

»Wo bist du jetzt?« hörte er sie sagen, und während er durch die Scheiben nach draußen starrte in das schmutzige Schneegrau einer winterlichen Großstadtstraße, die so eintönig und so häßlich war wie ein unvermeidlich gewordener Betrug, wußte er, daß er sich immer weiter von sich selbst entfernte.

Dann plötzlich konnte es zu Ende sein. Jemand hatte den Strom abgestellt, und die tanzende Puppe des elektrischen Theaters sank in sich zusammen. Er war niedergeschlagen, ohne jeden Impuls, so daß er Mühe hatte, nach Hause zu gehen. Trotzdem war es das Beste, was er jetzt tun konnte, einfach gehen, sich von seinem Körper tragen lassen, um wieder wie von selbst in seiner Wohnung anzukommen. Immer noch nahm sie ihn auf, nicht wie ein sicherer Zufluchtsort, aber doch wie eine Gewohnheit. Er konnte das immer schon Getane tun, konnte in sein Zimmer gehen und sich auf einen Stuhl setzen. Hier bin ich, dachte er, legte beide Hände flach auf die Tischplatte oder schlug sie vor die Augen.

Wenn er so eine Weile ruhig dasaß, fühlte er, wie zerrissen und verstört er war, und wunderte sich, daß er an diesen Punkt gelangen konnte, diesen Sturzpunkt einer langen, immer rapider sich herabsenkenden Fallinie, die so unmerklich begonnen hatte, daß er lange nicht begriff, auf welchem Weg er sich befand.

Alles hatte sich nun verändert, obwohl äußerlich alles gleich geblieben war. Seine Familie umgab ihn mit dem gewohnten Leben. Es waren einfache Bewegungen und Abläufe, denen er sich einfügte, so gut er konnte. Seine Frau und die Töchter kamen und gingen, manchmal waren auch Bekannte da. Wenn er sich dazugesellte, fand er leicht die passenden Worte. Aber manchmal fing er aufmerksame, befremdete Blicke auf. Dann machte er Anstrengungen sich zu verdeutlichen, redete länger und lebhafter, behauptete seinen Platz. Er konnte es so weit treiben, daß er allen, auch sich selbst, ein Bild heiterer Gelassenheit vorspielte, um zugleich in einer schneidenden Doppelempfindung zu wissen, daß er keine Gegenwart hatte.

Keine Gegenwart, keine innere Dichte, keine Gewißheit seiner selbst.

Wenn er allein zu Hause war, fühlte er um sich herum die leere Wohnung als ein sinnloses Wuchern aller Gegenstände. Die Zimmer, aufgereiht an dem langen Flur, waren wuchernde Hohlräume, vor deren Fenstern in täuschend bekannten Prospekten die Außenwelt stand. In den langen, wandhohen Regalen, die die Wohnung durchzogen, wuchsen die Bücher zu einer kompakten, farbigen Masse zusammen. Er konnte keins herausgreifen und aufschlagen, ging nur abwesend oder bedrückt an ihnen vorbei. Früher hatten ihn die Bücher angesprochen, und er war oft stehengeblieben, um die Prägeschrift der Buchrücken zu lesen, alte Versprechungen und neue Angebote. Die Bibliothek war seine Schatzkammer, das Bergwerk der Gedanken hatte er sie genannt. Aber weil er sich verändert hatte, mußte auch im Inneren der Bücher eine Verwandlung vor sich gegangen sein, eine unmerkliche Veränderung der Schrift oder der Sprache, die es ihm unmöglich machte, sie noch zu verstehen. Das hatte er in einem seiner Träume erlebt. Er hatte ein vertrautes Buch in die Hand genommen, aber, so sehr er sich auch anstrengte, die Schrift nicht mehr entziffern können, und in einem anderen Buch, das er mit schnell sich vertiefender Angst gegriffen hatte, war er nur noch auf ein graues Rieseln gestoßen.

Im Traum war diese graue, rieselnde Fläche auch ihre Stimme gewesen. Sie wuchs, dehnte sich, war unüberschaubar. Doch er hatte denken müssen: Sie birgt kein Geheimnis. Davon war er aufgewacht.
Stimmte es eigentlich, daß er zunächst arglos gewesen war? Hatte er nicht von Anfang an dieses mit Angst durchmischte Gefühl einer Versuchung gehabt, die ihn bedrohte, weil er sie nicht verstand? Aber diese Frau, die ihn mit ihrer gestörten, stockenden Stimme anrief, hatte ihn getäuscht. Oder vielmehr hatte sie ihm die Möglichkeit einer Täuschung geboten, mit der er sich beruhigen, seine Vorsicht beschwichtigen konnte: – Sie war ja krank, sie konnte kaum sprechen, sie wollte seine Hilfe, seinen Zuspruch haben und schob ihm die unantastbare, sichere Position des Arztes zu. Doch das war bald nur noch ein Vorwand. Und weil er wußte, daß sie ihn durchschaute, hatte sich diese seltsame Zweideutigkeit ergeben. Schon indem er weiter mit ihr sprach, gab er sich ihr zu erkennen, und das Gefühl breitete sich in ihm aus, ganz in ihrer Hand zu sein.

War das die Verführung: entlarvt zu werden vor seinen eigenen Augen, plötzlich eingestehen zu müssen, daß man ein anderer war, als man vorgegeben hatte zu sein?
Sie war ihm immer voraus gewesen, hatte seine verborgenen Gedanken erraten, hatte mit ihm zusammen das verrückte Geheimnis ihrer Gespräche geschaffen, das er niemandem erzählen konnte, schon gar nicht seiner Frau, so daß alle, und vor allem seine Frau, ausgeschlossen blieben von dem, was sein Leben immer mehr in Bann schlug. Sie standen außerhalb, sahen von ihm nur noch, was er hinterlassen hatte, den mühsam aufrechterhaltenen Schein einer Existenz, der immer durchsichtiger, immer dünner wurde, während sie, diese fremde Frau, ihn immer mehr zu sich herüberzog. Komm zu mir, sagte sie, komm, ich kann deine Gedanken lesen. Ich verstehe alles, ich verurteile nichts. Ich bin das einzige Wesen, dem du dich zeigen kannst. Komm, du kannst nichts vor mir verheimlichen, denn ich bin dein Spiegelbild, und ich brauche dich, wie du mich brauchst. Wenn du weggehst, werde ich ausgelöscht.
Ja, so war es, so erschien es ihm. Sie trat aus dem Nichts hervor und verschwand darin. Sie war für ihn nichts Bestimmtes, keine schöne, keine häßliche, keine junge, keine alte Frau, sondern nur ein unbestimmtes und maßloses Versprechen, das von einer Zukunft handelte, in der er in ihren Armen lag. Davon erfanden sie flüchtige Bilder, die sie einander vor- und nachsprachen, aber auch dies ohnmächtig, als versuchten sie gemeinsam, einen langen Satz zu bilden, der nie zustande kam.

Auch das wenige, das sie über sich gesagt hatte, trug zu ihrer Verborgenheit bei. Sie kannte ihren Vater nicht und hatte ihre Mutter erst kennengelernt, als sie ein junges Mädchen war. Sie war als Waise aufgewachsen, irgendwo in einem finsteren Haus auf dem Lande. Und in dem inneren Bild, das er

davon hatte, stand sie reglos hinter einem Fenster und blickte nach draußen, ohne etwas wahrzunehmen. Sie sah nur die allmählich in ihr entstehenden Träume, in die er nun, viele Jahre später, geraten war. Die Traumseite war die andere Seite der Scheibe. Jeder sah den anderen durch dieses unsichtbare Glas. Er sah sie als eine Erscheinung, die sich näherte und auflöste, als würde sie von seinem eigenen Atemhauch verwischt. Und wenn sie flehentlich, wie er dachte, die Fingerspitzen gegen das Glas preßte und ihren Mund öffnete, als wolle sie ihn küssen, wußte er mitten in seinen Worten, die diese ungenaue, lockende Annäherung beschworen, er würde nur das Glas schmecken.
Denn sie, die immer neue Berührungen erfand, wollte nicht berührt werden. Das ahnte er immer deutlicher und mußte doch zusehen, wie er selbst der Vertauschung nicht widerstand, die sie ihm einflüsterte. Die Wirklichkeit verlor ihre Substanz, und der Traum trat an ihre Stelle. Er schlief nicht mehr mit seiner Frau, er lauschte nur noch den fremden Worten und ihren täuschenden Versprechungen. Mehr und mehr verlief er sich in dem magischen Niemandsland, in das die Stimme ihn hineinrief, und wenn ihre Worte wieder Macht über ihn gewannen und er sich ihnen ergab, fühlte er sich geplündert von einer geschminkten Glücksmaske, die ihm auflauerte und sich über ihn beugte und ihn immer entstellter zurückließ.

Wenn er sich nicht zusammennahm, sah er wohl schon verändert aus. Er hatte die Schutzschicht verloren, an der die schweifenden Blicke auf der Straße abgleiten. Auf seinen Gängen durch die Stadt fühlte er sich jetzt oft neugierig angesehen. Es waren meistens abschätzende und feindliche Blicke, aber auch andere, in denen ein plötzliches Interesse aufglimmte, eine sexuelle Aufforderung, eine dreiste und flüchtige Lockung. Frauen und Männer, sehr junge, aber auch ziemlich alte, nahmen an dieser Augensprache teil, die überall in den Straßen gesprochen wurde. Auf einmal war er hineingeraten in dieses stumme Kreuzfeuer namenloser Lockungen. Er war niemand mehr, er hatte keine schützenden Besonderheiten, die die Blicke einschüchterten und die Fragen verstummen ließen, sondern war Teil dieses allgemeinen Verlangens nach Berührung, das in den Augen brannte als Funkenflug eines einzigen Feuers.

Auch die Huren, die vom späten Vormittag bis zum Abend an dem kleinen Platz in der Nähe des Parks standen, waren auf ihn aufmerksam geworden und suchten seinen Blick, wenn er vorbeikam. Eigentlich warteten sie dort auf Autofahrer, die einmal langsam um den Platz herumfuhren und dann in einer der angrenzenden Straßen parkten. Die Bewohner des Viertels, zu denen sie auch Elsheimer schnell gerechnet hatten, wurden von ihnen übersehen. Aber das hatte sich nun geändert, besonders bei einer, die oft von den Autofahrern abgewiesen wurde, wenn sie sich zum Seitenfenster hereinbeugte. Sie war ziemlich groß, trug eine kurze Pelzjacke aus schwarz gefärbtem Kaninchenfell und lange dunkelrote Hosen. Oft stand sie etwas vornübergebeugt da, die Hände unter die Achselhöhlen geschoben, und als Elsheimer dichter als sonst an ihr vorbeiging, um einen schnellen Blick in ihr Gesicht zu werfen, sah er, daß ihre Haut weiß vor Kälte war und vernarbt und ledrig wirkte wie nach einer Krankheit oder Mißhandlung. Sie hatte sehr helle, wäßrige Augen, die seinen Blick aufnahmen und hinter ihm herschauten.

Er vermied jetzt ihre Nähe. Aber einige Tage später sah er sie in der Straße vor seinem Haus zusammen mit einer anderen auf sich zukommen. Sie gingen mit der auffälligen Langsamkeit, mit der Prostituierte ihren Straßenstrich abschreiten. Die kleinere der beiden, die Elsheimer noch nicht kannte, schien einen Hüftgelenkschaden zu haben, der ihren

Gang zu einem langsamen, wogenden Humpeln entstellte. Sie hatte sich bei der größeren eingehängt, die dadurch noch weiter vornübergebeugt ging und kleine, vorsichtige Schritte machte, als versuche sie, sich auf dem unebenen Boden zu halten. Gemeinsam boten sie ein Bild von abstoßender Häßlichkeit und körperlichem Elend. Elsheimer sah sie auf sich zukommen wie eine düstere, fremde Doppelgestalt, die ihn meinte, die ihn für sich beanspruchte. Er war vor seiner Haustür stehengeblieben und suchte erst vergeblich, dann zögernd den Schlüssel in seinem dicken Schlüsselbund. Dann faßte er in beide Manteltaschen, als suche er einen anderen Schlüssel. Er wollte warten, bis sie an ihm vorbeikamen, wollte ihren fragenden Blicken begegnen. Je näher sie ihm kamen, um so mehr fühlte er sich von einem inneren Frost befallen, einem gelähmten Beben.
Die Große war es, die ihre Augen auf ihn heftete, wasserblaue, ausdruckslose Augen, die ihn mit einem Seitenblick erfaßten, dem der Kopf nicht ganz folgte. Elsheimer preßte das Schlüsselbund in seiner Hand, konnte nicht mehr wegblicken. Da hörte er sie, so unversehens, daß er sich sagen mußte: Ich höre sie. Sie hatte eine unerwartet einschmeichelnde Stimme, die nicht zu ihrem verwüsteten Gesicht paßte, und sie sagte nichts, sondern hatte nur einen leisen, herausfordernden Singsang angestimmt.
»Aha, aha, aha«, summte oder sang sie vor sich hin, während ihr Blick sich in seinen senkte und ihn starr machte.
Er war durchschaut. Sie sagte es ihm und ging vorbei, ohne ein Zeichen, daß sie bereit gewesen wäre anzuhalten. Sie hatte ihn stehengelassen, hatte ihn gezeichnet. Er konnte jetzt ins Haus gehen.

Ich bin verrückt, dachte er, das war ihre Stimme. Es war genau der anzügliche Ton, den sie manchmal anstimmte,

das heimliche, spöttische Bescheidwissen, das allen Widerstand als einen längst durchschauten Vorwand beiseiteschob.
Aha, aha, aha.
Er ging in sein Zimmer und setzte sich, versuchte sich zu beruhigen. Vielleicht war es gar nicht die Ähnlichkeit der Stimmen gewesen, sondern die Anmaßung, ihn zu durchschauen, was ihn so erregte. Er hatte sich entblößt gefühlt wie in manchen Träumen seiner Kindheit, in denen er fremden Augen und Händen ausgesetzt war, die ihm eine beängstigende Lust versprachen. Er allein stand dabei im Licht, oder sein nackter Körper war das Licht, eine perlmuttfarbene Helligkeit, schimmerndes Leuchten von Scham und Hingabe.
Aha, aha, aha.
Das bleiche, ledrige Gesicht und die süßliche Stimme fanden sich wieder, erzeugten die kurzen, tastenden Schritte, das schwarze Kaninchenfell, die wasserblauen Augen, die borkigen, vom Frost geschwollenen Lippen, aus denen die Stimme kam, und jetzt auch das andere Gesicht, das gedankenlos zu ihm herüberglotzte, entgeistert von dem humpelnden Wogen, von dem es getragen wurde.
Als er die Bewegung vor Augen hatte, schien gerade sie die Erscheinung wieder auszulöschen.

Am Nachmittag verließ er die Wohnung wieder. Er war unruhig, wollte fort und sagte sich, er müsse ein Buch kaufen, das er für seine Arbeit brauche. Es war bei seinem Händler nicht vorrätig und mußte bestellt werden, und als er mit leeren Händen aus dem Laden herauskam, gab er sich zu, daß er telefonieren wollte, obwohl er schon am Vormittag mit ihr gesprochen hatte.
Er ging in ein Café, das hinter den Gasträumen in einem Gang, der zu den Toiletten führte, eine geschlossene Tele-

fonzelle hatte. Von dort aus rief er sie an und erzählte ihr seine Begegnung mit den beiden Huren, und wie die Stimme – ihre Stimme – in dem häßlichen Gesicht ihn erregt hatte. Sie wollte alles ganz genau wissen. Er sollte ihr seine Gefühle beschreiben und bis in alle Einzelheiten das Aussehen der Frau, ihren Blick, ihre Bewegungen und wie dicht sie an ihm vorbeigegangen war.
Plötzlich sagte sie: »Willst du mir einen Wunsch erfüllen?«
»Ja, was denn?« fragte er zögernd.
»Geh jetzt zu ihr und schlaf mit ihr.«
»Was?« fragte er.
»Geh zu ihr. Denk, daß ich es bin. Mach alles mit ihr, was wir uns erträumt haben.«
»Das ist absurd. Ich will dich haben. Niemand anders.«
»Ja, aber sie ist unser Treffpunkt, verstehst du? Wir treffen uns in ihren Armen. Sie darf es nur nicht wissen, dann kann sie uns nicht trennen, dann muß sie uns zusammenbringen.«
»Du bist verrückt«, sagte er.
»Bitte«, sagte sie, »bitte!«
»Nein, erklär mir, was du davon hast.«
»Alles«, sagte sie. »Sie muß alles für uns tun, was wir uns ausdenken. Nachher erzählst du es mir. Es wird uns noch viel mehr zusammenbringen, begreifst du das nicht?«
Er schwieg. Dann sagte er: »Ich will dich haben.«
»Spürst du nicht, wie ich bebe?« sagte sie. »Du kannst mich nicht mehr warten lassen.«
Plötzlich flüsterte sie: »Geh zu ihr! Geh zu ihr! Du bist doch verrückt darauf!«
»Nein«, sagte er, »sie ist häßlich, sie stößt mich ab.«
»Was macht das schon. Um so mehr werde ich dich lieben.«
Wieder begann sie, ihn anzuflehen: »Bitte geh zu ihr hin! Tu es für mich! Denk, daß du zu mir kommst. Horch auf ihre Stimme, dann bist du bei mir.«
So redete sie weiter mit heftigen, flehentlichen, sich wieder-

holenden Beschwörungen, die ihn daran hinderten nachzudenken, ihn aber ruhig machten. Mitten in ihrer Hysterie wußte er, daß er etwas Wichtiges über sie erfuhr, etwas, das er nur noch nicht begriffen hatte, das aber sein Verhältnis zu ihr veränderte.
»Gut, ich werde es tun«, sagte er.
Er wunderte sich darüber und auch über den Schwall von Liebesbeteuerungen, den er damit auslöste.

Er ging in den Gastraum zurück und setzte sich an seinen Tisch. Sie glaubte jetzt, daß er unterwegs sei, um die Hure zu suchen, und um so deutlicher fühlte er sein Abgegrenztsein. Er saß hier, unsichtbar für sie, niemand konnte an ihn heran. Es schien ihm, daß er nichts Besseres für sich tun konnte, als hier zu sitzen, sich nicht vom Fleck zu rühren.
Der Raum war fast leer und ein wenig dämmerig, der dunkle Holzton der Wandverkleidung und der dunkle Fußboden schluckten das Licht. Sein Tisch stand in einer Nische. Auf den Kleiderhaken der halbhohen Trennwand hingen neben seinem Mantel einige Zeitungen in Stockhaltern. Dort welken die Neuigkeiten, dachte er. Es gab sie noch, jeden Tag frische, obwohl kaum andere. Sie gehörten zum Überfluß der Welt, an dem er seit langem immer weniger teilnahm. Aber alles war noch da. Er war davon umgeben, und er konnte jederzeit danach greifen. Er konnte für sich sein, weil alles noch da war. Nun gut, das wußte er.
Aus einem verborgenen Lautsprecher, ganz in seiner Nähe, kam leise Musik, ein kaum hörbares endloses Klavierspiel mit einem vorwärtstreibenden Rhythmus, der sich gegen den Stillstand des Raumes seinen Weg bahnte, immer weiter und weiter. Es führt zu nichts, dachte er, es ist das Weitermachen, überall, das zu nichts führt. Doch dann drehte sich der Gedanke und sagte: Nichts führt zu etwas. Und die Musik übernahm das wie eine stürmische Gewißheit. Nichts

führt zu etwas, nichts zu etwas, überhaupt nichts zu etwas, hämmerte der Klavierspieler, und Elsheimer fühlte eine ruhige Freude in sich wachsen. Jetzt könnte ich ihr den Wunsch erfüllen, dachte er, es würde mir nichts ausmachen. Er war dann nach Hause gefahren und hatte seiner Frau und den Töchtern vorgeschlagen, ein paar Tage zu verreisen. Der Gedanke war ihm plötzlich gekommen und ihm sofort fraglos klar gewesen, wie die Lösung eines bis dahin unüberschaubaren, schwierigen Problems, ein Stichwort, nach dem er lange gesucht hatte. Er mußte unerreichbar für sie werden, so wie dort in dem Café, in dem er noch eine Weile gesessen hatte, nur bei sich selbst, herausgerutscht aus ihren Gedanken, die ihn ganz woanders wähnten, die nur noch ihre Gedanken waren, nicht mehr seine, und keine Macht mehr über ihn hatten. Er mußte ihre Gedanken ins Leere laufenlassen, sich ihnen entziehen, das war der erste Schritt, um von ihr freizukommen. Das Feld räumen, dachte er, vorübergehend, aber vollständig. Er wollte keine Spuren hinterlassen, er wollte seine Familie bei sich haben.

Auf dem Nachhauseweg hatte er sich seine Argumente zurechtgelegt, und sie waren ihm einleuchtend erschienen: Tina hatte außer dem Wochenende zwei Tage schulfrei. Es gab einen Schüler- und einen Elternsprechtag, zu dem sie nicht hingingen, nicht hingehen mußten, da Tina keine Schwierigkeiten in der Schule hatte. Deshalb konnten sie auch ausnahmsweise zwei weitere freie Tage dazunehmen, konnten eine kleine Krankheit, eine Unpäßlichkeit vorschieben, die Schule würde das stillschweigend billigen. Nur hatten sie so etwas noch nie gemacht, und wie er vorausgesehen hatte, schaute ihn seine Frau verwundert an, als er mit seinem Vorschlag herausrückte.
»Wieso denn das plötzlich?« fragte sie.
Er wich zurück, um nicht aufzufallen.

»Mein Gott, es war nur eine Idee. Ich dachte, es würde uns allen guttun.«
»Willst du nicht alleine fahren?« fragte sie.
»Nein, ich habe mir gedacht, wir sollten mal wieder alle zusammen etwas unternehmen.«
Sie sah ihn nachdenklich an, und es fiel ihm ein zu sagen: »Wir können es natürlich auch bleibenlassen.«
Er war aus dem Zimmer gegangen und hatte in der Tür noch gesagt: »Ich fände es allerdings schade.«
Er hatte das beiläufig fallengelassen, aber es war eine Drohung gewesen, wie er selbst nachträglich begriff. Denn während er in seinem Zimmer saß, fühlte er wieder, wie ihn die Spaltung erfaßte und er sich nicht dagegen wehrte. Wenn seine Frau ihm jetzt nicht half, wenn sie seine Andeutungen nicht verstehen wollte, weil ihr allgemeine Prinzipien wichtiger waren, würde er weiter in die andere Richtung treiben. Es war dann ihre Schuld, wenn er der Versuchung nachgab, vielleicht noch an diesem Abend, wenn er sie und sich selbst und alle damit bestrafte.
Begriff sie das nicht? Hatte sie keine Ahnung, wie es um ihn stand? Schon das reichte, um ihn süchtig zu machen nach weiterer Zerstörung. Er haßte diese Wahl zwischen Vernunft und Verrücktheit, die sie ihm, ohne es zu wissen, aber mit selbstverständlicher Robustheit, aufzwang, und die ihn immer tiefer zerriß, ihn immer anfälliger für die Versuchung machte, sich ganz den Einflüsterungen zu ergeben, sich ihnen auszuliefern, weil damit dunkel das Versprechen einer anderen Einheit verbunden war. Komm, sagte die Stimme, sei einig mit mir, ich verstehe alles, ich weiß alles, höre nur noch auf mich.
Er war ins Grübeln versunken, als seine Frau in sein Zimmer kam. Sie hatte es sich überlegt, sie hatte schon Prospekte herausgesucht. Warum sollten sie nicht fahren? Es war eigentlich eine gute Idee.

Er spürte keinerlei Interesse mehr und verbarg sich hinter ausweichenden Floskeln: Es war nur ein Vorschlag, ein spontaner Einfall. Er habe ihn schon aufgegeben. Schwerfällig ließ er sich dazu herbei, zusammen mit ihr Hotelverzeichnisse und Fremdenverkehrsprospekte durchzusehen. Was war in ihr vorgegangen? Er wollte es nicht wissen.
Doch allmählich, wie sie die Einzelheiten der Prospekte studierten und die Reihenfolge festlegten, in der sie die Hotels anrufen wollten, um nach zwei Doppelzimmern zu fragen, ließ er sich anstecken von ihrem Eifer. Gut, sie würden also morgen fahren wie geplant.

Auch Claudia, die wieder für ein paar Tage nach Hause gekommen war, um ein Referat zu schreiben, ließ sich sofort für die Reise gewinnen. Nur Tina sträubte sich. Sie sagte, sie habe keine Lust, im Schnee herumzustapfen, maulte, machte Schwierigkeiten mit ihrer Garderobe. Ihrer Meinung nach hatte sie weder die richtigen Schuhe noch den passenden Anorak. Als Elsheimer durch den Flur kam, sah er durch die halboffene Tür, wie sie den Anorak mit den Füßen durch das Zimmer trat. Er ging hinein und stellte sie zur Rede. Sie antwortete nicht, aber er sah in ihren Augen ihre Ablehnung und ihren Widerstand.
»Heb das auf«, sagte er.
Sie zögerte, dann griff sie den Anorak und schleuderte ihn auf ihr Bett.
»Was soll das heißen«, sagte er. »Warum führst du dich so auf?« Statt zu antworten, drehte sie ihm den Rücken zu.
»Was soll das?« sagte er wieder und lauter, als er beabsichtigt hatte. Er faßte sie dabei am Oberarm, um sie zu sich herumzudrehen.
»Schau mich bitte an. Ich rede mit dir.«
Sie riß sich los und starrte ihn an, voller Wut, doch mit tränenüberschwemmten Augen.

»Was soll diese blöde Reise?! Was soll das alles überhaupt?!«
Er stand stumm vor ihr, ging dann aus dem Zimmer. Hinter ihm warf sie sich schluchzend auf ihr Bett. Das Telefon klingelte.
»Geh du ran«, sagte er zu seiner Frau, die aus dem Wohnzimmer kam, in der Hand einen Hotelsprospekt. Sie nahm den Hörer ab.
»Ja?« sagte sie und blickte zu ihm herüber, legte achselzukkend wieder auf.
»Die Verrückte«, sagte sie.
Claudia war in Tinas Zimmer, redete auf sie ein und erntete unverständlichen Widerspruch, unterbrochen von Schluchzern. Die Tür stand auf, und sie konnten es beide hören.
»Schönes Theater«, sagte seine Frau.
Er wußte, daß sie ihn anklagte, ihn, den Verursacher all dieser Unruhe, und er fühlte sich schuldig. Aber er wollte ja keine Panik, er wollte alles zusammenhalten und retten und verstand nicht, weshalb Tina sich so heftig dagegen stemmte.
Er ging in sein Zimmer, um seinen Koffer zu packen. Hinter ihm klingelte wieder das Telefon, wurde abgenommen und gleich wieder aufgelegt. Er war voller Wut und Scham, mußte aber auch daran danken, daß sie jetzt glaubte, er sei noch bei der Hure. Nur langsam kam er mit dem Kofferpacken voran. Er hatte viel zu viele Sachen aus Kommoden und Schränken hervorgeholt und konnte nun nicht entscheiden, was er wirklich brauchte. Er konnte sich kein Bild von den kommenden Tagen machen. Schließlich drückte er den Koffer zu und ging wieder nach vorne. Tinas Zimmertür war zu. Zwei gepackte Koffer standen in der Diele. Seine Frau saß mit Claudia im Wohnzimmer. Sie hatte eine kleine Pension am Rande des Rothaargebirges ausfindig gemacht, dort würden sie unterkommen für ein paar Tage. Am frühen Vormittag ging der Zug, und es war schon spät.
»Ich geh schlafen«, sagte Claudia und ging aus dem Zimmer.

»Laß uns noch etwas trinken,« sagte Elsheimer zu seiner Frau. Da sie nicht widersprach, öffnete er eine Flasche Rotwein. »Was ist mit Tina?« fragte er.
»Sie hat sich eingeschlossen. Wahrscheinlich schläft sie.«
Er sagte nichts dazu, aber er hatte Angst, daß sie nicht schlief, und wünschte sich heftig, zu ihr zu gehen, sich zu entschuldigen und sie zu trösten. Er wollte den Arm um sie legen und sie an sich drücken. Aber das war nicht möglich. Er mußte sie in Ruhe lassen. Vielleicht schlief sie wirklich, und er würde sie wecken, wenn er an die Tür klopfte.
»Es wird wirklich Zeit, daß wir mal rauskommen«, sagte seine Frau.
Sein Blick fiel auf das Telefon, das neben dem Schrank auf dem Fußboden stand. Sie hatte es aus der Diele hereingeholt und mit einer Decke umwickelt, und im Inneren des Wulstes schnarrte wahrscheinlich dauernd die leise gestellte Glocke. Es war das ohnmächtige, verzweifelte Toben dieser fremden Frau, viele hundert Kilometer entfernt, die zu ihm wollte, die darum kämpfte, ihn zu erreichen, ihm ein Zeichen zu geben, während er hier saß mit seiner Frau, die ganz ruhig war, als wüßte sie nichts.
Er schlief kaum in dieser Nacht, wälzte sich herum in ungeduldiger Erwartung des Morgens. Einmal stand er auf, ging im Bademantel durch die dunkle Wohnung, sah im Wohnzimmer das eingewickelte Telefon auf dem Fußboden und kehrte wieder ins Bett zurück. Er lag still auf dem Rücken. Über die alte Flußbrücke rollte ein langsam fahrender Güterzug, der eine lange Lärmschleppe durch die Nacht zog, und irgendwo in der Stadt hörte er das Martinshorn eines Polizeiautos, es klang, als habe es sich verirrt.
Dann war er doch eingeschlafen, denn er wachte auf, weil Bewegung in der Wohnung war, und mitten aus seiner schweren Müdigkeit heraus riß er sich hoch und tappte ins Badezimmer. Kurz danach kam er in die Küche, wo die Kaf-

feemaschine brodelte und das Licht brannte. Vor dem Fenster fielen dünne Schneeflocken. Alles war schon fertig für ein schnelles Frühstück, bei dem nicht viel gesprochen wurde.

Auch die Zugfahrt verlief ziemlich still. Tina, die ihm gegenübersaß, wich seinem Blick aus und schaute stumm aus dem Fenster. Seine Frau und Claudia lasen, er hatte den Kopf gegen seinen Mantel gelegt und versuchte ein wenig zu schlafen. Die Stimmung änderte sich erst, als sie in den Bus umgestiegen waren und durch ein tief verschneites Tal ihrem Ziel entgegenfuhren. An der vorletzten Haltestelle, bei der sie ausstiegen, stand der Wirt mit seinem halbwüchsigen Sohn, um sie abzuholen. Sie hatten einen großen Schlitten für das Gepäck dabei, und Claudia und Tina zogen ihn zusammen mit dem Sohn den Hang zur Pension hoch, während der Wirt mit Elsheimer und seiner Frau hinterherging und die Gegend erklärte.
Gleich oben, hinter dem bewaldeten Berg, war ein großer Stausee, den man in einigen Stunden umwandern konnte. Dort begann auch der Naturpark, große ausgedehnte Wälder, in denen es massenhaft Rot- und Schwarzwild gab. Die Rehe kamen jetzt im Winter oft vom Waldrand zur Pension herunter. Man konnte sie von den Zimmern aus beobachten. Unten im Tal, eine halbe Stunde entfernt, lag das neue Freizeitzentrum mit einem Hallenbad, einer Eislauffläche, einem Reitstall und einem schönen Café. Sie hatten auch mehrere Gasthöfe in der Umgebung, wo man gut essen konnte. Und es gab einige Sehenswürdigkeiten, zum Beispiel eine alte keltische Fliehburg in den Wäldern auf der anderen Talseite. Auch dorthin führte ein schöner Wanderweg, ungefähr dreieinhalb Stunden hin und zurück. Er würde ihnen noch eine Karte geben.
Gut, dachte Elsheimer, als sie sich der Pension näherten, das ist jetzt unsere Fliehburg.

Die Luft war prickelnd kalt und vertrieb alle Müdigkeit. Er atmete tief ein und fühlte sich durchströmt von dem stürmischen und umfassenden Gefühl, daß er lebte.
Sie traten ins Haus. Die Zimmer waren angenehm warm. Sie hatten die besten bekommen, denn sie waren in dieser Woche die einzigen Gäste. Alles war allein für sie da, der ganze Gästeflügel; der Wirt und seine Familie wohnten im Nebenhaus. Gleich sollte es zur Begrüßung Kaffee und Kuchen geben. Sie wollten sich nur noch ein wenig frisch machen.
Als Elsheimer aus dem Badezimmer kam, stand seine Frau am Fenster und betrachtete das Tal und den gegenüberliegenden Berghang. Unten auf der Talstraße fuhr der dunkelrote Bus zur Stadt zurück, sonst war alles bewegungslos und still. Der tiefe Schnee glättete und verhüllte die Formen der Landschaft, verschleierte ihre Grenzen und Widersprüche.
»Schön hier«, sagte Elsheimer und stellte sich neben seine Frau.
»Ja«, antwortete sie.
Er spürte ihre Zurückhaltung, ein inneres Zögern, sich ihm zuzuwenden, wie nach einer langen, heimlichen Enttäuschung. Aber er war sicher, daß sie sich heute nacht umarmen würden.

In den nächsten Tagen machten sie vormittags lange Schneewanderungen, ruhten sich nach dem Mittagessen aus, schliefen oder lagen in den Betten und lasen, und nachmittags gingen sie zum Freizeitcenter im Tal, wo Claudia und Tina Schlittschuh liefen, während Elsheimer und seine Frau noch einen kleinen Spaziergang machten oder hinter den großen Fenstern des Cafés saßen und den Schlittschuhläufern auf ihrem Rundkurs zusahen. Abends spielten sie im Aufenthaltsraum der Pension Karten oder unterhielten sich mit dem Wirt, der sich gerne zu ihnen setzte. Und immer gingen sie früh schlafen, müde von der Schneeluft und den Anstrengungen des Tages und weil sie am nächsten Morgen wieder frisch sein wollten für eine neue Wanderung in eine andere Richtung. Sie sahen sich das vor dem Schlafen noch auf der Karte an.

Dabei hatte Elsheimer das Gefühl, daß ihre Tagesprogramme Teile einer Übung waren, die sie sich gemeinsam auferlegt hatten, um wieder zu lernen, miteinander zu leben. Sie waren heiter und unternehmungslustig, sie scheuten keine Anstrengung, sie machten viele Aufnahmen, die sie sich später zu Hause mit dem Diaprojektor vorführen würden zum Beweis, daß sie hier gewesen waren, bei der Tannenschonung mit ihren dicken Schneepolstern und langen Eiszapfen und auf der kleinen Brücke über dem zugefrorenen Bach und natürlich an der Talsperre und auf dem keltischen Ringwall, oben auf der Bergkuppe, und vor allem an der verschneiten Weide des Reitstalls, wo ein scheckiges Pony im Schnee scharrte und auf ihre Rufe zum Zaun kam und sich mit einem Brotkanten füttern ließ.

Lauter Bilder, dachte Elsheimer. Als sammelten wir Bilder wie Trümpfe. Aber er vertrieb den Gedanken wieder. Es gab in ihm jetzt eine Wand, hinter die er alles Störende verscheuchen konnte.

Nein, sie war immer noch da, er wußte es. Er konnte sie sich weniger vorstellen denn je, und ihre Unsichtbarkeit war ihre Macht. Sie war nicht vergleichbar, und das flüsterte sie ihm auch ein.

Manchmal dachte er an das leise schnarrende Telefon, das noch immer eingewickelt auf dem Fußboden des Wohnzimmers stand. So hatte er es noch gesehen, als er die Wohnung verließ und hinter sich abschloß, und es hatte sich ihm eingeprägt als das Bild ihrer erstickten Stimme. Jetzt aber sah er die verlassene Wohnung und das umhüllte Telefon auch als eine dunkle Sackgasse, in der sie vergeblich nach ihm suchte.

Denn er glaubte zu wissen, daß sie nicht aufgeben konnte und jeden Tag mehrmals seine Nummer wählte, um ihn zu rufen.
Mit all ihrer Gedankenkraft versuchte sie, ihn zu erreichen. Doch hier konnte sie ihn nicht finden. Niemand wußte, wohin er geflohen war. Niemand stieg unten an der Straße aus dem Bus und kam den Weg zur Pension herauf, um nach ihm zu fragen. Er war unauffindbar und genoß diesen Gedanken, machte das ganze Tal zu einem Versteck, in dem er sich rüstete, ihr noch einmal zu begegnen, ihr, die täglich schwächer wurde, weil sie sich abkämpfte an seinem Schweigen.
Doch vielleicht war es anders, vielleicht verschätzte er sich. Wenn er aus dem Fenster blickte und die kalte Wintersonne über dem Bergrücken sah, konnte er sich einbilden, daß sie es sei, die zu ihm herüberblickte. Und er fühlte sich berührt von ihrem Haß.

Es war wärmer geworden. Wieder fiel Schnee, der in der Ebene wohl als Regen niederging. Die Flocken fielen wirbelig durch die unruhige Luft und löschten überall die Spuren auf den Wanderpfaden und Forstwegen durch die Wälder, als sei niemand hier gewesen. Elsheimer war allein zum Stausee gegangen und dort, in der atemlosen Stille des Talkessels, umschlossen von der Reglosigkeit der weißen Fichtenhänge, hatte er einen Anfall würgender Angst. Er blickte hoch, und da kam der Schnee über ihn als eine Auflösung des Himmels. Grau, grau, millionenfach – wie konnte man dem standhalten, dieser Verschüttung der Welt, dieser pockenartig niederfallenden Dämmerung, ihrer lautlosen, gleichgültigen Unaufhaltsamkeit, die ihn einhüllte und einschloß und alle Richtungen verwischte. Bleib hier, sagte der Schnee, hier in der Stille, in der Sanftheit, und wenn dir schwindelig wird vom Hochschauen, leg dich auf den Rücken, laß dich zudekken, das willst du doch. Niemand kommt, niemand sieht es, du kannst es einfach tun.

Er riß seinen Blick gewaltsam aus der taumelnden Auflösung über seinem Kopf und schaute an sich herunter, an seinem beschneiten Mantel, sah zu, wie sich seine Füße in Bewegung setzten und durch den frischen, lockeren Schnee stapften. Das war sie, dachte er, das kam von ihr.

In der Pension fand er einen Zettel vor. Seine Frau und die Töchter waren zum abendlichen Eislaufen ins Tal gegangen. Er sollte nachkommen. Er ging gleich los. Der Schneefall hatte wieder aufgehört. Schon von weitem schallten aus dem Lautsprecher der Eislaufbahn die immer gleichen Schlager herüber, nach denen sich der Eiscorso drehte. Das orangerote Flutlicht der Anlage leuchtete noch ein Stück den Hang hinauf und färbte die Schneefläche mit einem zum Wald hin verblassenden blutigen Schimmer. Elsheimer war am Waldrand entlanggegangen und tauchte langsam darin ein, erst umgeben von zarten, dann immer schärferen und verzerrteren Schatten einzelner Bäume und Büsche. Die Läufer auf der rötlich beschienenen Eisfläche sahen alle grau aus und bewegten sich schattenhaft und fast gleichmäßig auf dem Rundkurs, nur wenige waren schneller und glitten mit raschen Schwüngen und Wendungen durch die anderen hindurch, als hetzten sie unsichtbaren Phantomen nach. Elsheimer ging auf einem erhöhten Wallweg für Zuschauer an dem Maschendrahtzaun entlang und sah Tina und Claudia, jede für sich, dahinter vorbeigleiten. Sie blickten vor sich auf die Eisfläche und bemerkten ihn nicht. Er überquerte den Parkplatz, ging um das Gebäude herum und betrat das Café. Seine Frau war nicht da. Vielleicht war sie in dem kleinen Supermarkt nebenan und kaufte etwas für ihr Abendessen.
Er fand noch einen Platz an einem der Fenstertische. Ihm gegenüber saß ein altes Ehepaar, der Mann vielleicht Mitte

siebzig, seine rundliche Frau ein paar Jahre jünger. Beide erwiderten sehr freundlich seinen Gruß. Er entnahm ihrer Unterhaltung, daß draußen ihre beiden Enkelkinder Schlittschuh liefen und daß sie in einer halben Stunde mit dem Bus in die Stadt zurück mußten. Die Frau stand auf, um den Kindern Bescheid zu sagen, und dabei fiel die Pelzmütze des Mannes vom Tisch. Sie hob sie auf und gab sie ihm. Der Mann begann Elsheimer zu erzählen, daß er diese Mütze schon einmal im Zug habe liegenlassen, in einem Intercity-Zug nach Lugano. Er habe sie dann doch mit großer Mühe wiederbekommen, und er wolle sie natürlich jetzt nicht mehr verlieren. Er lächelte. Es war eine graue Persianermütze. Er hielt sie in der Hand, als müsse er sie festhalten.
Der Kellner kam und unterbrach diese Unterhaltung. Elsheimer bestellte Kaffee und blickte auf die Eisfläche. Die alte Frau kam zurück und sagte: »Gleich.« Der Mann sah auf einmal völlig erstarrt und hohlwangig aus. Seine Lippen hatte er nach innen weggesogen. Noch in diesem Jahr wird er sterben, dachte Elsheimer. Der Tod war bereits sichtbar mit einer obszönen Deutlichkeit. Die Frau neben ihm hatte sich schon damit abgefunden, obwohl sie es noch nicht wußte. Sie war eigentlich längst allein. Elsheimer stellte sie sich vor, wie sie mit einer kleinen Schaufel das Grab des Mannes in Ordnung hielt und trockene Blätter von den Stauden pflückte. Sie kam jeden zweiten Tag mit einer alten Tasche und ihren Gartengeräten, dann nicht mehr, und dann wurde sie auch begraben. Der Mann war aus irgendeinem Grund wieder zu sich gekommen und drehte den Kopf mit einer steifen Bewegung seiner Frau zu. Aber er konnte sich ihr nicht ganz zuwenden. »Gleich?« fragte er. »In zehn Minuten«, sagte sie. Der Kopf des Mannes drehte sich wieder nach vorne in die starre Symmetrie des Wartens, und das Interesse in seinen Augen erlosch.

Elsheimer hatte sich abgewandt und sekundenlang auf die Eisfläche geblickt, dort aber nichts wahrgenommen, weil das Wort »gleich« in seinem Kopf funkte. Es war das Zentrum zweier Sätze, die gegeneinanderstießen und ihn von seinem Platz vertrieben. Gleich werde ich aufstehen! Gleich kommt meine Frau! Gleich, gleich!
Aber es mußte schon »jetzt« heißen, denn er ging eilig und geradewegs zwischen den Tischen durch, und jetzt war schon der nächste Augenblick, den er hatte kommen fühlen: Er stand in einer der drei Telefonmuscheln der Eingangshalle und wählte ihre Nummer. Wenn seine Frau jetzt kommen würde, wollte er auflegen. Er konnte sagen, er habe mit dem Institut telefoniert. Aber vielleicht machte ihn sein Rücken unsichtbar, seine hochgezogenen Schultern, sein vorgebeugter Kopf. Unwillkürlich hatte er diese Haltung eingenommen, als müsse er das, was er tat, bei sich verbergen und abschirmen gegen die Leute, die hinter ihm vorbeigingen, und gegen die Musikfetzen, die von der Eisfläche hereinwehten, und überhaupt gegen alles, was zu dieser Welt gehörte, in der sie und er sich nicht treffen konnten.
»Ja«, sagte sie leise.
Es war wie ein leichter Schneeball, der weich gegen sein Fenster geworfen wurde und ihn aus dem Schlaf riß. Auch sie war aus dem Schlaf aufgewacht, aus einer tiefen, nebligen Versunkenheit, von der sie noch umhüllt zu sein schien und in der sie gleich wieder verschwinden würde.
»Ja«, sagte sie zum zweitenmal.
Daran merkte er, daß er noch nicht gesprochen hatte.
»Hör zu«, sagte er, »ich bin es. Leg bitte nicht auf. Ich will dir alles erklären. Ich konnte nicht anrufen in den letzten Tagen. Wir sind unerwartet verreist. Ich war nie allein. Ich bin mit meiner Familie zusammen, hier in einem Ferienort. Ich konnte erst jetzt anrufen, hörst du?«

Sie antwortete nicht, und er sagte: »Hörst du? Bist du noch da?«

»Ja«, sagte sie wieder. Und nach einer Pause: »Du quälst mich.«

Ihre Stimme klang flach und schleppend, ohne jeden Druck.

»Was ist?« fragte er. »Hast zu geschlafen?«

»Ich weiß nicht. Vielleicht. Ich schlafe so oft ich kann. Ich habe ein paar Tabletten genommen.«

»Warum?« fragte er.

»Es ist nichts da. Du bist nicht mehr da.«

»Doch«, sagte er, »hörst du. Ich bin da, ich habe immer an dich gedacht. Ich will dich sehen. Ich werde zu dir kommen.«

»Zu mir kommen?« fragte sie, als könne sie nicht durchdringen zu ihrem Gefühl von Verwunderung oder Ungläubigkeit und taste augenlos herum nach einer weiteren Frage, die sie jetzt unbedingt noch stellen mußte. »Liebst du mich denn?«

»Ja«, sagte er in einer plötzlichen Aufwallung, »ich liebe dich.«

Im selben Augenblick überkam ihn die Scham, und er verstummte.

Auch sie war still. Dann sagte sie: »Ich muß es noch einmal hören, später.«

»Ich habe es jetzt gesagt«, sagte er. »Das nächste Mal will ich dich sehen.«

Sie schwieg.

»Was ist?« fragte er.

»Ich bin so müde. Ich muß schlafen. Ruf mich an, wenn du wieder zu Hause bist. Ist das bald?«

»Ja, bald«, sagte er, »morgen oder übermorgen.«

Er wußte nicht, ob sie das gehört hatte. Denn nach einer Weile sagte sie leise: »Tu es auch, bitte.«

Und dann legte sie auf.

Er hatte die Vision, sie sänke zurück, versänke in einer dichten Schwärze, löse sich darin auf.

Er ging in den Gastraum zurück. Seine Frau saß dort, an einem anderen Tisch. Sie winkte, als sie ihn bemerkte, und er sah ihrem arglosen Gesicht an, daß sie ihn nicht beim Telefonieren gesehen hatte.
»Wo warst du?« fragte sie, als er sich zu ihr setzte.
Sie mußte ihre Tasche dazu vom Stuhl nehmen.
»Auf der Toilette«, sagte er.
Dann zeigte er auf den Tisch am Fenster, wo die beiden alten Leute gerade mit zwei kleinen Kindern fortgingen.
»Ich war schon da, ich habe dort gesessen.«
Sein Kaffee stand dort zwischen dem alten Geschirr. Auf der Eisbahn ging der Betrieb zu Ende, und es wurde laut im Café. Auch Claudia und Tina mußten gleich herkommen.
»Ich habe Wein gekauft für unseren Abschiedsabend. Rotwein, wir machen einen Punsch.«
»Wunderbar«, sagte er. »Ich hole mir eben meinen Kaffee.«
Die Eisfläche hinter den Fenstern war schon leer, und der Verwalter fuhr gerade den Schneepflug aus dem Schuppen, um sie glattzuhobeln für die nächste Runde. Nachts ließen sie wohl Wasser auf die Bahn, um die Eisschicht zu erneuern.
»Ja, ich liebe dich«, hatte er gesagt.
Nie mehr würde er es wiederholen.
Das war die Wiedergutmachung, nach der er verlangte.

Als sie nach Hause kamen, setzte das Tauwetter ein. Der Schnee gab den verborgenen Abfall frei und schmolz zu kleinen schmutzigen Haufen zusammen. Dauernd stürzten Dachlawinen stäubend in die Straßen, jagten die Menschen von den Bürgersteigen und schlugen dumpf dröhnend auf

die Dächer geparkter Autos. Die Feuerwehr war pausenlos unterwegs, um die gefährlichsten Schneebretter loszulösen, machte überall Absperrungen, stellte Warnschilder auf. Das Tauwetter war so plötzlich gekommen, daß die Zeitung voller Lawinengeschichten war. Elsheimer hörte in der Nacht, wie in kurzen Abständen neue Schneemassen in den Hinterhof prasselten und mit einem schweren Poltern auf das flache Dach der Garage schlugen.
Wie gut, dachte er, weiter, die ganze Nacht könnte ich zuhören.
Er hielt sich eine Zeitlang wach, hörte auch den föhnartigen Wind, der in kurzen Böen gegen die Scheiben drückte. Eine leise Erregung pulste durch seinen Körper, und er spürte, daß auf seinem Gesicht ein Lächeln war.
Er hatte die Telefongespräche wieder aufgenommen. Aber jetzt war er es, der sie führte. Alles, was er sagte, diente der Vorbereitung des Moments, in dem er sie sehen würde und ihre Stimme einen Körper bekäme, der für ihn greifbar wurde. Das war bald, schon bald, es rückte täglich näher, in zwei Wochen würde in Hamburg der Kongreß beginnen. Dann wollte er ihr Geheimnis zerstören, das Dunkel, aus dem heraus sie ihn verführt hatte. Sie sollte alle die schwebenden, schwindelnden Träume einlösen, die sie in ihm geweckt hatte. Sie sollte sie ihm leibhaftig auszahlen, und er würde sich daran gesund machen.
Immer wieder zwang er sie, sich den näherrückenden Moment vorzustellen und ihn mit deutlichen Versprechungen auszustatten. Sie sollte schon nackt sein, wenn er kam, sie sollte nackt in der Tür stehen und ihn empfangen. Nein, sie sollte ihre Nacktheit schmücken, sie sollte Strümpfe anhaben, Schuhe, eine Kette um den Hals, nur ihre Brüste sollten entblößt sein. Aber sie konnte es auch anders machen. Sie sollte sich festlich kleiden, ganz streng, unter dem Kleid sollte sie angezogen sein wie eine Hure. Das Licht sollte an

sein, strahlend hell. Aber vielleicht war es noch phantastischer, wenn es fast dunkel war, und sie sich erst fühlen, riechen und schmecken würden, bevor sie sich sahen.
Während er so redete, lauerte er auf ihre Reaktionen. Aber es gelang ihm nicht, sie in Einklang zu bringen. Er hatte mit zwei verschiedenen Frauen zu tun: einer, die mehr denn je im Jargon einer Hure mit ihm sprach, und einer anderen, die scheu war und Zeichen von Angst zeigte, wenn sie plötzlich zu begreifen schien, daß er wirklich kommen würde und sie ihm nicht mehr ausweichen konnte.
»Ich werde dich enttäuschen«, sagte sie, »und du mich auch. Wir werden uns verletzen. Komm bitte nicht, komm nicht, komm nicht!«
»Willst du das wirklich?« fragte er kühl.
Und in der Gewißheit, daß sie es nicht fertigbrachte, schlug er ihr vor, Schluß zu machen, sofort. Sie sollten jetzt beide den Hörer auflegen, und dann wäre es zu Ende.
»Kannst du das?« fragte sie leise, und er spürte ihren Zwiespalt, ihr Suchen, ihre Beklommenheit.
»Ja«, sagte er, »ich kann es. Aber ich möchte es nicht.«
Er wartete, was sie sagen würde, und das Phantom nahm verschiedene flüchtige Gestalten an: Sie war häßlich, sie war schön, sie war jung, sie war alt, sie war wieder nur eine Stimme.
»Liebst du mich denn?« fragte sie.
»Frag mich das erst, wenn ich bei dir bin«, sagte er.
»Oh, warum? Du hast es doch schon gesagt. Sag es noch einmal.«
»Nein«, sagte er, »warte. Ich bin ja bald da.«
Plötzlich begann sie, ihn zu beschwören, schnell zu kommen, sofort, sie könne es nicht mehr aushalten zu warten, sie könne schon nicht mehr schlafen, sie sei wie behext. Jetzt, jetzt solle er zur Tür hereinkommen, jetzt, jetzt! Und sofort stimmte er ein in ihre Erregung und hetzte sie weiter,

zwang sie, erneut davon zu sprechen, was sie miteinander machen würden, wenn er da war.

Als er abreiste, zusammen mit seiner Frau, hatte er sie in äußerster Erregung zurückgelassen. Sie hatte geschluchzt und geschrien und um ein Geständnis seiner Liebe gebettelt, und obwohl er momentweise dachte, daß er es ruhig sagen könne, weil es ja nur seiner Absicht diente, war er bei dem Versprechen geblieben, das er sich gegeben hatte. Ganz im Gegensatz zu ihrem aufgelösten Zustand, den er noch im Ohr hatte, war er ruhig geworden. Er war jetzt im Vorteil, schon weil er abgelenkt und in Gesellschaft war, während sie nur wartete.

Sie waren einen Tag früher losgefahren, um in Münster einen alten Freund aus der Studienzeit zu besuchen. Er war ein erfolgreicher Arzt und in jüngeren Jahren ein bekannter Tennisspieler und Regattasegler gewesen. Er hatte gleichzeitig mit ihnen geheiratet, war aber längst geschieden, und seitdem trat er mit wechselnden Begleiterinnen auf, meistens jungen hübschen Frauen aus einem seiner beiden Sportclubs. Elsheimer und seine Frau waren immer gespannt, wen er ihnen diesmal präsentieren würde.
Sie sahen ihn schon bei der Einfahrt des Zuges auf dem Bahnsteig stehen. Er fiel zwischen den Reisenden sofort auf, weil er einen leuchtend blauen Seemannspullover und keinen Mantel anhatte. Vermutlich hatte er an diesem Nachmittag seine Praxis geschlossen und sich ganz auf Freizeit eingestellt. Sie winkten sich gegenseitig zu, und als der Zug hielt, stand er lächelnd mit einem Gepäckkarren an der Wagentür und nahm ihnen die Koffer ab, um sie dann beide freudestrahlend zu umarmen und zu begrüßen.
Sie fuhren in seinem Wagen zu seinem Haus am Stadtrand und wurden von einer jungen schwarzhaarigen Frau in

einem langen, bestickten Gewand empfangen, die den Kaffeetisch gedeckt hatte. Es war Christine, wie der Arzt sagte, der sie mit einem kurzen Wangenkuß belohnte, weil sie alles so fabelhaft gemacht habe. Christine war auch geschieden, hatte zwei kleine Kinder, wohnte auf einem Bauernhof und war nur in die Stadt gekommen, um Gerds Freunde kennenzulernen, von denen er schon so viel erzählt hatte. Sie aßen zusammen und redeten, wurden nach dem Kongreß befragt, den Kindern, der Ferienreise, und alles ließ sich sagen, es sagte sich von selber, die Energie ihres Freundes hielt alles unermüdlich in Gang. Elsheimer war dankbar dafür, er konnte sich entspannen und die Zeit vorübergleiten lassen. Noch drei Tage, dachte er, dann würde es soweit sein. Ab und zu rührte er an diese Gewißheit und schob sie wieder in den Hintergrund.

Später fuhren sie zum Essen, weil Christine nicht auch noch kochen wollte, und Gerds Haushälterin hatte »nicht gerade die höheren Weihen der Kochkunst empfangen«. Gerd hatte einen Tisch in einem Restaurant bestellt, in dem er offenbar als Gastgeber kleiner Gesellschaften gut bekannt war. Er hatte sich umgezogen, hatte einen dunkelblauen Blazer und ein weißes Hemd an, das er am Hals offen trug, seltsamerweise machte ihn das älter. Christine, die neben ihm saß, beteiligte sich wenig an der Unterhaltung und trank nur Mineralwasser, was Gerd als ein schlechtes Zeichen verstand: Sie wollte also nicht über Nacht bei ihm bleiben, sondern noch mit dem Wagen nach Hause fahren. Er entfachte eine kleine Diskussion über Liebesentzug als archaische Strafe oder emanzipatorisches Recht, und sie kamen überein, daß es eine Liebespflicht gäbe. Darauf wurde angestoßen.

Nach dem Essen schlug Gerd vor, sie sollten den Kaffee bei ihm zu Hause trinken und dann sofort zum Wein übergehen, damit Christine nicht mehr wegfahren könne. Sie lächelte geduldig dazu und ging, als sie ankamen, sofort in die Küche. »Schaut euch meine Glassammlung an«, sagte Gerd zu Elsheimer und seiner Frau und verschwand auch in der Küche. Sie hörten, wie er dort auf Christine einsprach, die dann mit dem Kaffee hereinkam und sagte, sie müsse wirklich gleich fahren. Sie lächelte vertraulich, als sei sie sicher, daß man sie verstehen würde. Gerd sah ein wenig betroffen aus, als er sie zur Haustür gebracht hatte und zurückkam. Aber das verflog gleich wieder, und er machte eine Flasche Wein auf.

Sie sprachen von früher, von den Studienjahren und der beruflichen Aufbauzeit, in der sie auseinanderrückten, sich aber nicht aus den Augen verloren hatten. Im Grunde waren sie immer dieselben geblieben. Gerd hob das Glas auf Elsheimers Frau: »Nur Brita nicht. Die ist fast noch schöner geworden.«

Er verfiel auf das alte Thema, daß er immer in Brita verliebt gewesen sei, aber gegen Elsheimer keine Chance gehabt habe. Es sei die größte Ungerechtigkeit, die ihm widerfahren sei. Und dann begann er, sich darüber zu beklagen, daß er die Frauen nicht verstünde. Es müsse da Geheimnisse geben, von denen er keine Ahnung habe.

»Bitte, Brita, erklär mir, was ich falsch mache«, sagte er.

»Vielleicht machst du alles viel zu richtig.«

»Das fürchte ich auch«, sagte er, »aber ist das nicht ungerecht?«

»Setz bloß nicht auf Gerechtigkeit bei Frauen«, hörte sich Elsheimer sagen, und er fühlte sich fremd dabei, als sähe er sich zu, wie er eine Rolle in einem Konversationsstück spielte. Es war eine Dreiecksgeschichte, ein Stück für drei Personen, die so taten, als könne zwischen ihnen eine Handlung in Gang kommen, aber froh waren, daß sich nichts bewegte.

Eine vierte Person blieb unsichtbar. Sie schrie: »Komm end-

lich! Ich kann nicht mehr warten! Komm! Komm! Hilf mir! Komm, ich warte!«
Während sie mit gelösten Stimmen weiterplauderten und lachten und sich zuprosteten. Was konnte schon falsch sein an dieser Leichtigkeit? Elsheimer merkte, daß seine Frau sich wohl fühlte. Nicht, weil Gerd ihr den Hof machte, sondern weil dies ein heimlicher Umweg für sie war, um sich ihm noch mehr zugehörig zu fühlen. Und Gerd verstand es wohl, trieb sie ihm richtig in die Arme.
Später, als sie nebeneinander in den großen Betten des Gästezimmers lagen, und Gerd noch einmal geklopft und gute Nacht gewünscht hatte, lächelte sie ihn an.
»Gerd ist eigentlich ein erfreulicher Mensch«, sagte sie, »er ist so herzlich, so direkt, so überzeugt von allem, was er tut. Auch von uns, und von allen seinen Freundinnen.«
»Aber sie anscheinend nicht immer von ihm«, sagte er.
»Er hat bestimmt schon eine neue in Aussicht.«
»Wahrscheinlich.«
»O Gott, wie monogam wir sind«, sagte sie. »Bist du nicht neidisch?«
»Nein«, sagte er, »wirklich nicht.«
Er spürte ihre Bereitschaft, sich ihm zuzuwenden. Aber er rührte sich nicht.

Er wollte nichts mehr an sich heranlassen, nichts, was ihm etwas wegnahm von seiner Entschlossenheit, die er als ein heimliches Gewicht in sich trug. Er hatte das Gefühl, daß er eine innere, verborgene Person hatte, die darauf wartete hervorzutreten, während seine gewohnte, bekannte Person sich in der Außenwelt bewegte und an allem teilnahm, was ihr geboten wurde, nur vielleicht ein wenig zurückhaltend und zerstreut.
Er war nicht ungeduldig, nicht einmal unruhig, er wollte die Spannung in sich wachsen lassen. Denn er glaubte zu wissen,

daß sie in ihrem Zimmer, neben dem Telefon, mit dem sie ihn jetzt nicht mehr erreichen konnte, unter einer schlimmeren Spannung stand, und zu seiner Vergewisserung hörte er in sich die Worte ihres letzten Gespräches ab, die zwischen Angst und Erwartung hin und her irrten und plötzlich hinausliefen auf ein klägliches, eindringliches Flehen, daß er ihr helfen solle.
Nein, er hatte ihr nicht geholfen.
Ich bin ja bald da, hatte er gesagt.
Unter dem Vorwand, daß er keine Zeit mehr habe, hatte er das Gespräch abgebrochen.

Bald sagte er sich, bald.
Das war der Stundenschlag, den er in sich hörte, als er mit seiner Frau in der Hotelhalle in Hamburg eintraf und die Hände mehrerer Kollegen schüttelte, und einige Stunden später, als er sich von seinem Platz in der ersten Sitzreihe erhob und auf das Podium stieg, um mit einer kurzen Begrüßungsrede den Kongreß zu eröffnen, und später immer wieder in leeren Momenten, während einer Präsidiumssitzung, eines Vortrages, einer Kaffeepause, oder während er als Diskussionsleiter die Tastatur für die vier Saalmikrofone bediente – bald, dachte er, ohne im mindesten die Orientierung zu verlieren, sondern nur mit der stillen Genugtuung, daß der bloße Ablauf der Zeit ihn von selbst dahin brachte, wo er hin wollte, so daß er immer einiger wurde mit der Zeit und sich als Teil ihrer Unaufhaltsamkeit fühlte.
»Sie lächeln so«, sagte Strasser zu ihm, »woran denken Sie?«
»An nichts«, sagte er, »nichts Wichtiges.«
»Es hat Sie jedenfalls zufrieden gemacht«, sagte Strasser.

Beim Empfang im Rathaus stieß Elsheimer im Gästebuch auf die Zeichnung eines riesigen Phallus. Der energische schwarze Umriß ragte über das ganze Blatt. Es war eine

eilige Zeichnung, aber der Zeichner hatte sich immerhin Zeit für ein paar Schraffuren genommen, die die Körperlichkeit des gereckten Gliedes betonten. Am meisten Sorgfalt hatte er auf die Eichel verwandt. Sie war dunkler und praller und stellte eine geballte Faust dar.
Elsheimer blätterte gleich weiter, trug seinen Namen in das Buch ein und ließ sich wieder in die Unterhaltung ziehen. Eine Zeitlang stand ihm die Zeichnung noch vor Augen, und er konnte sie nicht vertreiben.

In der letzten Nacht nahm er eine Schlaftablette und verlor sich in einer sandigen Stille, wurde aber früh wieder wach und konnte nicht mehr einschlafen.
Bald, bald, dachte er.
Er konnte sich nicht an den Traum erinnern, der ihn geweckt hatte. Aber es kam ihm so vor, als habe er eine schwere Arbeit getan. Er lag still und wartete auf das Erwachen seiner Frau. Jetzt, da der lange in Gedanken vorweggenommene Tag gekommen war, erfaßte ihn ein Gefühl der Unwahrscheinlichkeit. Hatte er diese Geschichte überhaupt erlebt? Würde er wirklich in wenigen Stunden an der Wohnungstür dieser fremden Frau klingeln und mit heftig schlagendem Herzen darauf warten, wer ihm öffnen würde? War es vielleicht doch die Frau, die er in dem Café gesehen hatte? Oder eine ganz andere, ein völlig anderer Mensch? Würde er beglückt werden, würde er erschrecken? Er konnte sich keine Vorstellung mehr machen. Sogar die deutliche Erinnerung an ihre Stimme war ihm verlorengegangen. Er konnte sich auf nichts mehr einstellen und spürte nur den stärker werdenden Sog einer fremden Erwartung. Er schien die Gegenstände um ihn herum leer zu saugen und zu entkräften, so daß sie ihn nicht mehr halten konnten und nicht mehr schützten. Es war bald soweit. Obwohl nicht eigentlich die Zeit vorrückte, sondern diese unmerkliche Verwandlung sei-

ner Umgebung, durch die er ausgestoßen wurde aus ihrem Zusammenhang.
Vielleicht war es besser, wenn er jetzt zur Vernunft kam und zusammen mit seiner Frau weiterreiste, die heute nach Lübeck wollte. Er hatte noch eine Sitzung im Präsidium vorgeschützt, aber das konnte er korrigieren. Sie würde sich wahrscheinlich freuen, wenn er ihr sagte, daß er mitkäme. Sie, die andere, würde dann allmählich in ihrem Zimmer erstarren, und auch das wäre ein Sieg. Schließlich hatte er alles auf seiner Seite: seine Familie, seinen Beruf, alles, was sie zerstören wollte. Er würde am Ende gewinnen, auf jede Weise. Und wenn es doch eine Niederlage war, daß er nicht zu ihr ging, so brauchte er sie nicht einzugestehen. Sie war nur die Verrückte, eine kranke Frau. Er brauchte sich nicht einmal darauf einzulassen.
Nein, nein, das alles war eine Täuschung, der Zauber würde nicht aufhören. Er mußte sie sehen. Er durfte nicht mehr ausweichen.
Sein Blick glitt über die Zimmerwand und blieb an der geschlossenen Tür zum Badezimmer hängen. Die Tablette wirkte noch nach. Er konnte sich nicht entschließen aufzustehen. Wenn es doch nur schon soweit wäre, dachte er.
Im Hotel wurden jetzt verschwommene Geräusche hörbar, Stimmen nebenan, Wasserrauschen schräg über ihm. Seine Frau erwachte mit einem tiefen Atemzug.
»Schon wach?« sagte sie.
»Ja, schon eine Weile.«
Sie drehte den Kopf mit einer weichen, verschlafenen Bewegung weg und streckte sich.
»Ich habe wunderbar geschlafen.«
Elsheimer fühlte einen Anflug von Neid, doch darin zugleich die Gewißheit, daß er sich schon weit entfernt hatte und auf der anderen Seite befand, wo er erwartet wurde.

Den Vormittag verbrachten sie noch gemeinsam. Nach einem langen Frühstück mit mehreren Kollegen aus Süddeutschland, die am Vormittag schon abreisten, gingen sie für zwei Stunden in die Kunsthalle und betrieben ihr altes Spiel, sich Bilder für ihre Wohnung auszusuchen und sich vorzustellen, wo sie hängen sollten. Danach spazierten sie durch die Alsteranlagen und betrachteten die Stadtsilhouette, den Rundverkehr der Motorboote und das Auffliegen der Möwen bei den Anlegestellen. Es hatte in der Nacht geregnet. Der unruhig bewölkte Himmel und schwarzes Baumgeäst spiegelten sich in den Pfützen, und die Erde der noch kaum bepflanzten Blumenbeete war dunkel vor Feuchtigkeit. Ein frischer Wind rauhte die Alsterfläche auf und trieb einen herben Wassergeruch herüber. Am gegenüberliegenden Ufer glänzte ein Streifen hellen, wäßrigen Sonnenlichts auf, das der Gebäudefront eine scharfe Klarheit gab, während die im Vordergrund vorbeifliegenden Möwen auf einmal dunkler erschienen.
»Ein schöner Tag heute«, hörte Elsheimer seine Frau sagen, »schon richtig Vorfrühling.«
Er stimmte ihr zu. Doch jede Floskel der Übereinstimmung trug mehr zu seiner Entrückung bei. Für ihn war alles nur auf Vorbehalt da wie eine plane Spiegelung eines späteren oder vergangenen Moments. Später würde er hierher zurückkehren und alles wieder so vorfinden. Jetzt war die Stadt nur die Hülle des Geheimnisses, dem er sich näherte, Schicht für Schicht, und Stunde für Stunde.
Der Zug seiner Frau fuhr am Nachmittag. Beim Mittagessen in einem kleinen Restaurant, in das sie ziemlich wahllos hineingingen, mußte Elsheimer gegen seine wachsende Stummheit kämpfen. Er gab vor, daß er sich nicht ganz wohl fühle, ließ sein halbes Essen stehen. Frühzeitig gingen sie zum Hotel, um den Koffer seiner Frau zu holen, und fuhren mit dem Taxi zum Hauptbahnhof. Immer noch zeigten alle Uhren,

daß es Zeit im Überfluß gab. Sie konnten noch einen Kaffee trinken oder nur ein wenig herumgehen. Wie schwer war das auszuhalten, das Dröhnen und Hallen, die Menschen, die auftauchten und verschwanden, Gesichter, die leuchtenden Reklameschriften. Es war zu viel, es brandete gegen ihn an und wollte ihn wegtragen, als wäre alles das nur eine einzige Kraft, der er sich anvertraut und preisgegeben hatte. Er war schon unterwegs zu ihr. Was ihn jetzt hier umgab, war die letzte Schicht ihrer Verborgenheit. Er spürte sie schon. Gleich würde er ihre Stimme hören, und nicht mehr lange danach würde sie die Tür öffnen und sich ihm zeigen.
Er sah die Tür als eine unklar begrenzte Dunkelheit, und eine Stimme, nicht die erinnerte, nur die gedachte, sagte: Komm zu mir. Bist du endlich da? Komm zu mir!
»Willst du nicht schon gehen?« fragte seine Frau.
Sie stand am Abteilfenster, er unter ihr auf dem Bahnsteig.
»Nein, warum«, sagte er, »die Sitzung fängt erst um fünf an.«
Anscheinend glaubte sie ihm. Es kam nicht mehr darauf an. Die Zeit zerbröselte zwischen ihnen. Und dann auf einmal wurde sie fortgetragen. Die gewesene Zeit verschwand mit der Masse des allmählich schneller werdenden Zuges und dem entschwindenden Gesicht, das noch aus dem Abteilfenster schaute, und eine andere Zeit begann im selben Augenblick, da er sich umdrehte und auf dem Bahnsteig zurückging, eine völlig andere Zeit, ohne Widerstand und Ablenkung, eine Zeit der Vereinfachung, der verschwundenen Angst.
Ich will sie haben, dachte er, gleichgültig, wer sie ist. Und ich werde auch wissen, wer ich bin. Jetzt gleich. Ich bin gleich angekommen, ich bin gleich da!
Er ging durch wechselnde Menschenströme, die aus allen Richtungen kamen und sich um ihn herum zerteilten. Er zwang sich, nicht zu laufen, ging aber rasch, stieg die Treppe

zur Bahnhofspost hoch und fand sofort eine frei werdende Zelle. Er konnte von hier auf den Bahnhofsvorplatz blicken. Dort würde er gleich ein Taxi suchen, während sie dann wußte, daß er kam, und sich vorbereiten konnte auf das Gegenübertreten.
Er wählte ihre Nummer. Sie meldete sich. Es ist alles wirklich, dachte er und sagte: »Ich bin es. Ich komme jetzt.«
Er traf auf ein Schweigen. Dann sagte sie leise, aber mit einer schneidenden Bestimmtheit: »Nein, du kommst nicht.«
»Wie, was?« sagte er, »ich verstehe dich nicht.«
»Du kommst nicht!« sagte sie.
Sekundenlang spürte er sich angeweht von ihrem Haß und hatte die undeutliche Vision eines häßlichen Gesichtes, das er kannte und nicht kannte, es war eine Schreckfratze aus einem verschütteten Traum.
Doch sofort verschwand das wieder, denn er wollte es nicht gelten lassen und wieder neu anfangen, bei einem anderen Ausgangspunkt.
»Hör zu«, sagte er gequält, als kämpfe er mühsam gegen sinnlose, überflüssige Widerstände, »hör zu, das ist doch Unsinn. Wir haben doch immer davon gesprochen, daß wir uns sehen müssen. Wir haben das doch gewünscht. Wir haben uns damit verrückt gemacht. Und jetzt bin ich da. Und ich hab's dir doch gesagt, daß ich komme. Du hast mich gedrängt, ich sollte mich beeilen. Also, was soll das jetzt?«
Während er sprach, sah er durch die Glaswand den zuckenden Rücken seines Vordermannes und die ganze Reihe der Telefonierenden, die fast alle in dieselbe Richtung blickten, und es schoß ihm durch den Kopf, daß sie alle etwas anderes sagten und jemand anderen vor Augen hatten, und im Moment riß sein eigener Wortschwall ab, und er wußte, daß es keinen Zweck hatte.
»Was soll das?« sagte er noch einmal.
»Das frag dich doch selber!« schrie sie ihn an.

Plötzlich überschlug sich ihre Stimme, wurde schrill wie in jäher, lang zurückgehaltener Panik und keuchte vor Atemnot: »Was willst du von mir?! Was willst du?! Was willst du?! Geh doch in den Puff!«
Gut, dachte er, als er auflegte. Es war eine Zustimmung, hinter der nichts und niemand stand, die er sich einfach nur vorsagte, wie jemand, der nicht widersprechen konnte. Gut, das war das Ende.
Er verließ die Zelle, der nächste trat ein. Das Leben ging weiter, überall, es schien sogar anzuschwellen, es erdrückte ihn fast. Hohl und ausgeblasen steuerte er durch den wogenden Lärm, vor sich den sinnlosen, trostlosen Nachmittag, den Abend, die Nacht, den nächsten Morgen, eine lange Strecke, die er überwinden mußte und hinter der nichts zu sehen war, außer daß alle weitermachten in den Telefonzellen, auf den Treppen, den Bahnsteigen, in den Zügen und dieses wirre Geräusch des Lebens erzeugten, das er nicht verstand, das nichts sagte, das nur eine Zeitlang anders geklungen hatte, um plötzlich abzubrechen mit diesem Schrei: Was willst du?! Geh doch in den Puff!
Wie lächerlich, dachte er, wie richtig.
Wie lächerlich, wie richtig.
Plötzlich schüttelte er sich, als fröre er. Er war draußen auf dem Vorplatz. Ein Zeitungsverkäufer mit einer weißen Schirmmütze schrie ihm eine Nachricht entgegen. Jemand schleppte einen schweren Koffer, er ging ganz schräg. Ein Bus fuhr vor, Menschen stiegen aus, andere drängten hinein. Wohin jetzt, dachte er, was als nächstes? Oh, es war nichts vorgesehen, er war frei. Er konnte überall hingehen. Seine Beine setzten sich in Gang, er kam bei den Taxis an. Man hielt ihm die Tür auf.
Ich fahre hin! Sofort! Ich werde pausenlos klingeln! Ich brülle das Haus zusammen, ich trete die Türe ein!
»Wohin geht's?« fragte der Fahrer.

Er nannte sein Hotel.
Ich wollte ja Schluß machen, sagte er sich.

Als er die Tür seines Zimmers hinter sich abgeschlossen hatte, begann er sich auszuziehen. Er hängte seine Jacke über die Stuhllehne und legte alle anderen Kleidungsstücke über den Sitz. Dann kroch er nackt ins Bett und krümmte sich zusammen. Fast sofort schlief er ein.

Es war dunkel im Zimmer, als er wach wurde. Er fand sich nicht gleich zurecht und stieß etwas vom Nachttisch herunter. Das war sein Reisewecker. Er saß im Dunkeln auf der Bettkante, die Unterarme auf den Schenkeln.
Wach werden, wach werden, sich nur nicht erwischen lassen, wenn man wehrlos war.
Mit einem Ruck stand er auf und ging unter die Dusche. Im Bademantel kam er zurück und nahm sich einen Whisky aus dem Kühlschrank. Er stand am Fenster und blickte auf die abendlich erleuchtete Stadt hinunter, die diesmal klar zu erkennen war. Schon besser, dachte er. Er behielt den Whisky einen Augenblick im Mund und ließ ihn langsam herunterrinnen. Eine angenehme Wärme breitete sich in seinem Magen aus, auch seine Haut war warm, vom Schlaf und von der kalten Dusche. Es war eine Frage der Klugheit, wie er sich wieder aufbaute. Er mußte nur noch etwas gegen sie unternehmen, etwas, das sie verhöhnte und vom Sockel stieß.
Wieder erinnerte er sich, wie sie geschrien hatte: Was willst du?! Was willst du?! Geh doch in den Puff!
Ja, dachte er, das ist ein guter Vorschlag. Sie soll sich nicht in mir getäuscht haben.

Das Etablissement, in das ihn ein kundiger Taxifahrer brachte, befand sich in einem großen alten Bürgerhaus aus der Jahrhundertwende. Es lag etwas abgerückt von der

Straße hinter einem düsteren Vorgarten. An der Haustür, über der eine Lampe brannte, befand sich ein kleines Metallschild, auf dem in schnörkelhafter Schrift »Chez Helene. Privatclub« stand. Man mußte zweimal klingeln. Wahrscheinlich wurde man aus einem Fenster beobachtet. Im Türlautsprecher sagte eine gequetschte Frauenstimme: »Guten Abend. Kommen Sie bitte in den ersten Stock.« Dann summte der Türdrücker.
Elsheimer stieg das herrschaftliche Treppenhaus hoch, dessen Stuckwände von dem trüben Licht rot gestrichener Wandampeln beleuchtet wurden. In der Wohnungstür des ersten Stocks empfing ihn eine lächelnde Dame im Abendkleid, die ihm den Mantel abnahm. Musik rieselte ihm entgegen. Er hörte leise Stimmen. Sie führte ihn durch einen schwach beleuchteten kahlen Raum, in dem nur Stühle rings an den Wänden standen wie in einer Tanzschule. Dahinter gelangten sie in einen größeren, heller erleuchteten Raum, der als Bar eingerichtet war.
Elsheimer nahm an einem kleinen Tisch in der Nähe der Bar Platz und ließ sich die Getränkekarte geben.
»Leisten Sie mir Gesellschaft?« fragte er.
»Tut mir leid«, lächelte die Dame, »ich bin schon besetzt. Aber gleich kommt eine Kollegin.«
»Gut«, sagte er, »dann warte ich noch.«
Sie ging an einen entfernteren Tisch, an dem ein grauhaariger Mann hinter einem Eiskübel saß, der, als sie sich zu ihm setzte, mit vorsichtiger Bedächtigkeit die Gläser vollschenkte. In einer Nische saß ein anderes Paar und an der Bar unterhielten sich zwei elegant gekleidete jüngere Männer mit dem Barkeeper. Sie saßen mit hochgezogenen Knien auf den Hockern und machten den Eindruck von Sportlern oder Zuhältern, die hier zu Hause waren. Schräg gegenüber von Elsheimer, am oberen Teil der Wand, lief die Projektion eines Pornofilms ohne Ton. Man sah nur die sich bäumen-

den und windenden Leiber, die Haare, Hände, aufgerissenen Münder in einer stummen, rasenden Ekstase, die in einem befremdenden Gegensatz zu der ruhigen Atmosphäre dieses Raumes stand.
War es das, dachte Elsheimer, wollte ich das haben? War es das da, wovon wir gesprochen haben? Gesprochen, geredet. Während diese nackten Leiber sich ohne Stimmen wälzten und aufeinander eindroschen, als gäbe es kein Ende und keinen Ausweg. War es das?

»Muß das schön sein«, sagte neben ihm eine helle Stimme.
Das war offenbar die Kollegin, die für ihn bestimmt war, fast noch ein Mädchen, reizlos und ein wenig dümmlich. Er überlegte, ob er sie abweisen könne. Aber sie war schon die Richtige für seine Zwecke, die oder eine andere, es kam nicht darauf an. Sie hieß Helga, sie wollte Sekt trinken, wie anscheinend alle hier. Als sie anstießen, wollte sie von ihm wissen, wo er herkäme und was er in Hamburg mache. Es fiel ihm ein zu sagen, »eine Entwöhnungskur«. Dann verbesserte er sich und sagte, »nein, eine Kur zum Wiederangewöhnen«. Sie lachte gehorsam mit ihrer dünnen Stimme. Mit ihren Fingerspitzen begann sie, sein Handgelenk zu streicheln. »Kommst du mit aufs Zimmer?« fragte sie. Die Fingerkuppe kreiste weiter, als wolle sie ihm etwas auf die Haut schreiben.
Die Zimmer befanden sich im zweiten Stock. Sie hatte sich von dem Barkeeper einen Schlüssel geben lassen. Zimmer neun. Sie ging voran, und Elsheimer, der ihr zögernd folgte, so daß sie im Vorraum auf ihn warten mußte, hatte das Gefühl, er würde abgeführt.
Der obere Teil des Treppenhauses sah verkommen und düster aus in der rötlichen Beleuchtung. Auch in der Wohnung brannte nur das spärliche Licht weniger rotgestrichener Glühbirnen an der Decke des Flurs, die einfach in den Fas-

sungen steckten, so daß man den Eindruck hatte, in einem unterirdischen Gang zu sein. Der Flur bog zweimal um die Ecke. Die Zimmer lagen daran aufgereiht, hinter hohen dunklen Holztüren mit weißen ovalen Nummernschildern aus Porzellan. Er hörte leise Stimmen, ein klatschendes Geräusch und ein kurzes Aufstöhnen. Der schmale, kindhafte Rücken seiner Führerin ging vor ihm her. Der schwarze Schlüsselanhänger baumelte in ihrer Hand.
Hier könnte sie wohnen, dachte er, hier im Inneren dieses Hauses. Von hier aus konnte sie so mit mir sprechen. Obwohl er wußte, daß sie woanders wohnte, hielt er fest an der Einbildung: Ich bin in ihrem Haus.
Die kleine Kindnutte, sicher noch jünger als Claudia, schloß Zimmer neun auf und machte Licht. Schräg im Raum stand eine weiß bezogene, breite Liege. Außerdem waren noch drei abgeschabte Sessel da, ein Waschtisch, eine Kommode, ein Kleiderständer. Der alte Parkettboden knarrte, als sie eintraten.
»Setz dich«, sagte sie.
Zuerst wollte sie das Geld haben: die Zimmermiete und ihre Taxe. Sie steckte es in ihre Handtasche und legte sie in die Kommode. Als sie von dort zurückkam, hatte sie ein herausforderndes Lächeln im Gesicht. »Na, muß ich dir helfen«, fragte sie und begann, sein Hemd aufzuknöpfen und öffnete langsam seinen Gürtel. »Nun mach selbst weiter«, sagte sie und stupste ihn in den Bauch. Sie begann sich vor ihm auszuziehen und machte eine kleine Schau daraus, ihren Pullover an sich hochzuraffen und ihre kindlichen Brüste zu enthüllen. Dann schob sie ihre lange schwarze Hose wie eine enge Haut über ihre Hüften, ein schwarzer Slip kam zum Vorschein und wollene Kniestrümpfe, die sie zu seiner Überraschung anbehielt. Als Schutz vor Fußpilzen, erklärte sie. Auch er sollte seine Socken anbehalten. Ihr Körper war ausdruckslos und

schlaff, als sie sich auf seinen Schoß setzte und ihn kurz neben den Mund küßte.
»Gibst du mir noch etwas für meine beiden kleinen Jungen?« bettelte sie.
Er fragte verblüfft, ob sie verheiratet oder geschieden sei, und sie sagte: »Nein, bin doch nicht blöd. Meine Jungen sind zwei Rüden, zwei kleine Foxterrier.« Albern lachend über ihren Witz küßte sie ihn flüchtig auf beide Wangen. Er schob sie von den Knien, ging noch einmal zu seiner Brieftasche, die im Jackett steckte, und gab ihr einen Fünfzig-Mark-Schein. Sie war nicht sonderlich begeistert und ließ ihn auf der Kommode liegen.
»Leg dich da hin«, sagte sie.
Er folgte ihren Anweisungen, legte sich auf den Rücken. Sie hockte sich auf seine Schienbeine und begann ihn zu massieren. Er schloß die Augen, um zu denken, ich bin in ihrem Haus. Aber das wollte er ja nicht, das war ja sinnlos. Er wollte, daß es zerstört wurde. Das war schließlich alles, diese Griffe, dieses künstliche Stöhnen. Er öffnete wieder die Augen und hob den Kopf ein wenig, um zu sehen, wie sie es machte, wie sie sich über ihn stülpte. Und jetzt ritt sie ihn mit ihrem mageren Körper, ihren eckigen Hüften, die er zwischen seinen Händen fühlte. In ihrem kleinen Gesicht sahen die aufgerissenen, schwarz ummalten Augen wie die Augen einer dämonischen Puppe aus. Nein, sie war ein zappelnder, nackter Harlekin, der sich auf ihm abmühte. »Spritz!« rief sie. »Spritz! Ich will, daß du spritzt!« Und es war alles eins, alles eins, und er war froh, daß es vorüberging.

Noch war nicht alles zu Ende, er wußte es. Denn als er zwei Tage später, nach einer Zwischenstation in Bremen, nach Hause kam, erzählte Tina, nach allem anderen, was ihr wichtiger war, die Verrückte habe wieder angerufen.

»Wann?« fragte er. »Hat sie sich gemeldet?«
»Ja, gestern. Sie war ziemlich aufgeregt. Sie sagte, sie müsse dich unbedingt sprechen. Ich sollte ihr sagen, wo du seist. Ich habe gelogen, du kämst erst Mittwochabend zurück. War das richtig?«
»Danke«, sagte er, »das war gut.«
Es war also noch nicht zu Ende, noch nicht ganz. Am Donnerstagvormittag würde sie anrufen. Mit einem leisen inneren Beben von Ärger und Neugier dachte er daran. Donnerstag. Wahrscheinlich Donnerstag. Sie zwang ihn wieder zu warten. Es wäre ihm lieber gewesen, sie hätte jetzt angerufen. Dann hätte er ihr gleich sagen können, daß Schluß war, endgültig, er hätte es endgültig erledigen können. Er fühlte in sich die Kälte und Wut dazu. Aber gut, so konnte er sich vorbereiten, um nicht überrascht zu werden. Er mußte sich nur noch einmal vor Augen führen, wer sie war: eine Neurotikerin, geplagt von Wiederholungszwängen. Sie hatte Angst vor dem Sex, aber in der Phantasie war sie eine Hure. Vielleicht war ihre Mutter eine Hure gewesen, hatte sie in einem Heim abgegeben. Und dort hatte sie angefangen zu träumen von Liebe oder Rache. Sie war nie aus diesen Träumen aufgewacht.
Ja, das war es, er sah es jetzt, es war eine Krankheit. Ein Grund, sich zu schütteln, es von sich wegzustoßen. Donnerstag. Der Tag der Heilung und der Drachentötung.

Aber sie rief nicht an. Er wartete an seinem Schreibtisch, bemühte sich zu arbeiten. Einmal rief die Institutssekretärin an, einmal die Frau eines Kollegen, die in zwei Wochen eine Party gab, dann noch ein Assistent mit einer kurzen Frage, die sich länger hinzog. Der Vormittag verging.
Sie würde also abends anrufen, wenn er nicht allein war, wenn er umgeben war von seiner Familie. Das würde ihn in Verlegenheit bringen. Er mußte eine unverbindliche, unver-

fängliche Floskel der Abweisung finden. Am besten war es wohl, wenn er einfach auflegte.
Aber sie rief nicht an. Eine Woche lang geschah nichts. Das war auch gut, letzten Endes, es war egal. Doch er mußte sich eingestehen, daß er immer noch wartete in einer ungeduldigen Gereiztheit. War es möglich, daß sie einfach davon abgekommen war, es wieder zu versuchen? Hatte sie vielleicht einen anderen gefunden, mit dem sie jetzt dasselbe Spiel trieb wie mit ihm? Wahrscheinlich war es so. Sie machte es mit demselben Trick. Sie näherte sich als die Kranke, die scheue Ratsuchende, die ihn, den einzigen Menschen in der Welt, ausgesucht hatte, um Verständnis zu finden für ihre Verzweiflung, denn sie war verlassen worden von ihrem Geliebten, sie war allein. Jaja, natürlich, so war es. Das war das Netz ihres Wahnsinns, das sie überall auswarf und in dem er gezappelt hatte. Das war es, das war es! Warum hatte er es nicht gleich begriffen?

Er machte weiter mit seiner Arbeit. Das Buch konnte er nicht mehr fertigbekommen. Sein Freisemester ging zu Ende, und er mußte seine Vorlesungen vorbereiten. Anstelle des Buches wollte er zuerst einen Aufsatz über ein Unterthema veröffentlichen, das sich dabei ergeben hatte. Vielleicht reichte das als Zwischenergebnis. Die Kollegen brachten ja noch weniger zustande. Sie waren eine fleißige Familie. Claudia würde bald ihr Zwischenexamen machen. Seine Frau hatte eine Stelle als Schulpsychologin in Aussicht und wollte wieder ganztägig arbeiten, es schien ihr sehr wichtig zu sein. Er fühlte sich freilich ein bißchen allein, etwas zu sehr auf sich selbst gestellt. Doch der Betrieb würde ihn wieder aufnehmen, sobald das Semester begann.
Er dachte daran nicht mit besonderer Erwartung, nicht mit einem Überschuß an Energie und neuen Plänen, nur

mit einer gewissen Beruhigung. Sein Leben war in eine flachere Strömung geraten.

Dann rief sie doch an. Vormittags. Er hob den Hörer ab, und da sagte sie: »Verzeih mir.«
Er mußte sich zurücklehnen in seinen Sessel. Sein Herz schlug heftig, und das Zimmer schien vor seinen Augen dunkler zu werden.
»Was willst du noch?« stieß er hervor. »Es ist Schluß.«
»Nein«, sagte sie angstvoll, »nein, das darfst du nicht sagen, das kannst du nicht! Du Lieber, ich bereue es so, verzeih mir. Ich bin so unglücklich, ich habe versagt, du hast mir so wenig geholfen, verstehst du nicht?«
»Ich will nichts verstehen«, sagte er, »es ist Schluß.«
»Nein«, sagte sie, »das kannst du nicht. Sag mir, wann du wiederkommst. Ich will alles gutmachen. Gib mir eine kleine Aussicht. Laß mich ab und zu mit dir sprechen. Bitte, nur ein paar Worte, einmal in der Woche. Das kannst du doch. Was macht dir das aus?« »Hör zu«, sagte er, »ich habe es satt. Ich will nicht mehr, daß du anrufst.«
Er legte auf. Sofort klingelte das Telefon wieder. Er nahm es ab und legte auf, als er den ersten Ton ihrer Stimme hörte, einen unverständlichen Laut. Es klingelte wieder. Er stand auf und begann durch das Zimmer zu gehen. So konnte er es gut aushalten. Ja wirklich, es war eine Entdeckung. Die Bewegung seines Körpers antwortete dem Klingeln, fing es auf, ließ es wieder abrinnen. Er kam direkt in Stimmung, es war ein kleines Fest, durch das Zimmer zu wandern und zu warten, wann sie aufgab. Denn sie mußte aufgeben, sie hatte keine Chance mehr. Es waren schon Pausen entstanden, leere, dunkle Minuten, die sie vergehen ließ, bevor sie wieder anfing mit ihren Alarmsignalen. Er wollte nur noch einmal ihre Stimme hören. Das konnte er sich jetzt leisten, sie kam nicht mehr an ihn heran.

Er riß den Hörer hoch und sagte: »Gib's auf.«
Sie schluchzte und begann zu stammeln, zerrissen von Atemnot:
»Wie willst du leben?! Wie soll ich leben? Sag's mir! Bitte! Ich weiß nicht mehr weiter. Sag's mir! Sag's mir!«
Er legte auf. Nach einigen Minuten fing es wieder an, und er begann erneut mit seiner Wanderung durch das Zimmer. Dann kam ihm der Gedanke, eine Platte aufzulegen: festliches Barock, ein Potpourri aus Vivaldi, Bach und Händel, den großen Meistern der prunkvollen Lebensfreude. Er wollte noch einmal abheben, damit sie es hörte.
Diesmal konnte sie kaum noch sprechen. Es war ihre alte Sprachstörung, nur schlimmer, heftiger, als ersticke sie. Er brauchte nicht darauf zu antworten. Die Musik mit ihrer geordneten Energie sprach an seiner Stelle. Er konnte zuhören, wie sie die Sprache verlor. Ja, sie konnte nicht mehr sprechen. Er mußte schon angestrengt lauschen, um noch einige verständliche Worte zu erhaschen. »Was tust du ... bitte ... du«, dann nur noch Laute.
Wie interessant, dachte er, sie verlor wirklich die Sprache, und als ihre Stimme in ein würgendes Gurgeln überging, legte er auf. Es klingelte, er hob ab. Sie gurgelte wirklich wie eine Ertrinkende, er legte wieder auf. Es klingelte. Er hob nicht mehr ab. Endlich blieb es still.
Nein, nein, die Platte lief noch, festliches Barock, der ganze Prunk und Pomp und Jubel längst verklungener Zeiten, der ihm etwas einhämmern wollte, was er nicht fühlte und nicht glauben konnte. Er stand auf und nahm den Tonarm ab.
Im Augenblick, da der Klang abriß, fühlte er sich völlig erschöpft. Er mußte sich setzen. Eine fade Mißstimmung breitete sich in ihm aus. In einer Stunde gab es Mittagessen, nachmittags war eine Sitzung im Institut. Und morgen? Ging es weiter. Der Alltag begann. Oder wie sollte er es nennen? Das endliche Erwachsenwerden, das beginnende

Alter, die Vernunft? Dieser Tisch da voller Papiere, darauf mußte er sich einstellen. Bücher mit eingesteckten Lesezeichen, die die wichtigen Textstellen markierten. Die wichtigen Textstellen, großer Gott! Warum hatte sie alles an sich gezogen, alles mit fortgerissen in ihr Dunkel, ihre Unerkennbarkeit? Warum fühlte er sich so leer?